Şahin Aydın

Ernst Ender:
Ein Sozialist wird Bottroper
Oberbürgermeister

Eine politische Skizze

tredition

© 2024 Şahin Aydın

Foto Umschlag, Ernst Ender/Sammlung Jörg Wingold, Bottrop

Druck und Distribution im Auftrag des Autors:

tredition GmbH, Halenreie 40-44, 22359 Hamburg, Deutschland

ISBN

Paperback   978-3-347-51545-1
Hardcover   978-3-347-51548-2

Inhaltsverzeichnis

Vorwort

Ein Widerstandskämpfer aus der Arbeiterschaft in Bottrop

Die Erinnerung an antifaschistische Widerstandskämpfer aus der Arbeiterklasse wach zu halten, ist eine wichtige Aufgabe von Sozialisten und Sozialistinnen in der heutigen Zeit. Der Bottroper Sozialist Ernst Ender steht für eine ganze Generation von antifaschistischen Kämpfern aus der Arbeiterschaft. Er steht für eine ganze Generation von klassenbewussten Arbeitern, welche sich dem Naziterror und der unmenschlichen kapitalistischen Gesellschaftsordnung widersetzten. Für heute ist es wichtig, festzuhalten, dass Personen wie Ernst Ender die wichtigsten Gegner des Naziregimes waren. Ohne die Zerschlagung der Arbeiterbewegung in Deutschland wäre der Zweite Weltkrieg und letztlich auch der Holocaust nicht möglich gewesen. Zuerst mussten die Nazis die kampferprobten Sozialisten und Kommunisten aus SPD, SAPD und KPD ausschalten. Erst nachdem dies weitgehend gelungen war, konnte man daran gehen, den Krieg, den Rassenterror sowie den Genozid an den Juden vorzubereiten. Der aus einfachen Verhältnissen stammende Ernst Ender wird in Bottrop, mitten im Herzen des Ruhrgebiets und damit auch im Herzen der deutschen Arbeiterbewegung, mit einem Straßennamen geehrt. Das geschah nicht sofort nach seinem Tod. Der Grund lag in der Periode der Restauration des Kapitalismus und der Rehabilitierung vieler Nazis in der alten Bundesrepublik Deutschland in der Zeit von Konrad Adenauer. Die Person Ernst Ender stammte aus einfachsten Verhältnissen, war Arbeiter im Bergbau, nachdem er zuvor in einer Ziegelei gearbeitet hatte. Früh trat der den Gewerkschaften bei, sowie der damaligen SPD, welche sich auf den Marxismus bezog. Ab 1917 ging Ernst Ender in die USPD, um seine Kriegsgegnerschaft zum Ausdruck zu bringen. Nachdem im

November 1918 das Kaiserreich zusammengebrochen ist, entwickelte sich auch der Versuch, eine Rätedemokratie im Ruhrgebiet herzustellen. Während des Kapp Putsches 1920 formierten sich die Arbeiter und Arbeiterinnen im Ruhrgebiet nicht nur mit eigenen Organen, sondern sie gründeten sogar die Rote Ruhrarmee. In dem „Bielefelder Abkommen" nach dem Ende des Putsches 1920 versicherte der Sozialdemokrat Severing den Arbeitern „einen friedlichen Übergang zu einer demokratischen Ordnung". In Wahrheit marschierte der General von Watter mit seinen Truppen im Ruhrgebiet ein, um mit den revolutionären Kräften Schluss zu machen.

Dies kostete unzähligen Arbeitern das Leben. Die beschriebene Person Ernst Ender war bis 1922 Mitglied der USPD. d.h. der Minderheit der USPD. Bekanntlich vereinigte sich die Mehrheit der USPD im Oktober 1920 mit der KPD, womit diese in Deutschland erst zur Massenpartei wurde. Diesen revolutionären Schritt machte Ernst Ender nicht mit. 1922 kehrte die Minderheit der USPD in die SPD zurück. Diesem Schritt vollzog auch Ernst Ender. Dennoch muss festgehalten werden, die gewürdigte Person hatte weiterhin wichtige Funktionen innerhalb der Arbeiterbewegung, den Gewerkschaften und zum Teil in kommunalen Vertretungen inne. Im Jahr 1931 gab es eine neuerliche Links-Abspaltung von der SPD. Es gründete sich die „Sozialistische Arbeiterpartei Deutschlands" kurz SAPD.

Diese Abspaltung kam aus Protest gegen die Tolerierungspolitik der Sozialdemokratie gegenüber der arbeiterfeindlichen Sparpolitik des Reichskanzlers Brüning zustande. Gleichzeitig forderte die SAPD eine Einheitsfront-Politik von Sozialdemokraten und Kommunisten, gegen die faschistische Gefahr und die Hitler Bewegung. Der SAPD gehörte damals auch der junge Sozialist Willy Brandt aus Lübeck an. Nach der Machtergreifung durch den Faschismus setzten überzeugte Sozialisten und Arbeiter, wie Ernst Ender, ihre Widerstandstätigkeit unter größten Gefahren fort. Dieser Mut, diese Kraft und diese Charakterstärke dürfen nicht vergessen werden. Speziell in den Betrieben hielt der Widerstand gegen die Nazis am längsten und am intensivsten an.

Das bezeugt auch der Prozess gegen den sozialdemokratischen Arbeiterwiderstand um die Brotfabrik Germania, aus Hamborn im Jahr 1936. Insgesamt wurden 166 Arbeiter wegen dieser Tätigkeit angeklagt. Darunter der von dem Historiker Şahin Aydin, gewürdigte Ernst Ender. Die Widerstandstätigkeit kostete Ernst Ender mit den wichtigsten Teil seines Lebens. Jahre verbrachte er zuerst im Gefängnis und dann im KZ Buchenwald. Für kurze Zeit nach der Befreiung vom Faschismus war Ernst Ender Oberbürgermeister von Bottrop. Er war wiederum Mitglied der SPD geworden. Neuerlich gehörte Ernst Ender zum linken Flügel innerhalb der Sozialdemokratie.

Nach 1945 stand die SPD einige Jahre, was ihre Programmatik anging, sogar links von der KPD. Kurt Schumacher, der damalige Vorsitzende der SPD bezeichnete „den Sozialismus als Tagesaufgabe". Wie ernst das gemeint war, steht wieder auf einem anderen Blatt. Erst 1959, mit dem Godesberger Programm verabschiedete sich die SPD endgültig vom Marxismus. Wie Ernst Ender darauf reagiert haben würde, wissen wir nicht, wir können allerdings vermuten, dass ihm Letzteres nach seinem Gusto nicht gefallen hätte. Aber das ist nicht das Thema der vorgelegten Biografie. Entscheidend sind die Erinnerung und die Würdigung eines aufrechten antifaschistischen Kämpfers mitten aus dem Ruhrgebiet. Die vorgelegte Forschungsarbeit kann nur begrüßt werden. Es gilt sich zu vergegenwärtigen, dass Geschichte geronnene Erfahrung ist, aus der es zu lernen gilt. Geschichte darf nicht verdrängt und beiseitegeschoben werden. Die Erinnerung an Ernst Ender ist eine wichtige antifaschistische Aufgabe.

Max Brym, München
Geschichts-Dozent und Autor

Kindheit und Jugend

Geburtsort Haina/ Stadt Römhild heute[1]

---

[1] https://www.stadt-roemhild.de/gemeindeteile/haina#&gid=lightbox-group-318&pid=4

A.

Nr. 15

Haina, am 8. Juli 187_.

Vor dem unterzeichneten Standesbeamten erschien heute, der Persönlichkeit nach _____ bekannt,

der Tagelöhner August Ender

wohnhaft zu Haina

_____ evangelischer Religion, und zeigte an, daß von der

Friederike Ender geborenen Silbrich

_____ evangelischer Religion,

wohnhaft bei ihm

zu Haina in seiner Wohnung

am eins ten Juli des Jahres

tausend acht hundert siebenzig und einundsiebzig Vormittags

um halb eilf Uhr ein Kind männlichen

Geschlechts geboren worden sei, welches den Vornamen

Ernst Benjamin erhalten habe.

Geburtsurkunde von Ernst Benjamin Ender[2]

---

[2] Meldebehörde/Standesamt, Stadt Römhild

Ernst Benjamin Ender wurde am 4. Juli 1881 in Haina/Stadt Römhild /Thüringen geboren.[3] Sein Vater August Ender war Tagelöhner. Seine Mutter war Friederike Ender, geborene Fielbrink.

Ihre Religionszugehörigkeit war lutherisch. Ernst Ender besuchte von 1887 bis 1895 die Volksschule und von 1895 bis 1896 die Fortbildungsschule in Haina und lernte das Ziegel-Handwerk.[4] Am 7. Mai 1896 fing er bei einer Ziegelei in Henneberg als Maschinenführer an. Danach wechselte er zur Lederfabrik und Lohmühle H. Lotze & Keiner in Benzhausen/ Thüringen, wo er vom 9. September 1899 bis 7. April 1900 arbeitete.[5] In jungen Jahren wurde er Mitglied der Gewerkschaft.

Ziegelschlagen (1910)[6]

---

[3] Landesarchiv NRW, Abteilung Rheinland, Bestand: NW 1039-E,Signatur: 1011

[4] Nachlass von Ernst Ender, Arbeitsbuch, Besitz: Peter Battenstein, Bottrop

[5] Nachlass von Ernst Ender, Arbeitsbuch, Besitz: Peter Battenstein, Bottrop

[6] https://www.kulturheimat.de/ziegel-ein-baustoff-fuer-die-ewigkeit/

Unter Tage im Ruhrbergbau

Ernst Ender wanderte wie viele Menschen ins Ruhrgebiet. Er fand vom 10. April 1900 bis Ende 1905 Arbeit auf Zeche „Mont-Cenis" in Herne-Sodingen.

Zeche „Mont-Cenis" in Sodingen, jetzt Stadt Herne[7]

---

[7] https://www.herne.de/Stadt-und-Leben/Stadtgeschichte/Bergbau/Zeche-Mont-Cenis/

Sodingen / Am Denkmal/Marktplatz um 1920 [8]

Ernst Ender wohnte in der Bauernschaft Holthausen Nr. 62c.[9]
Er heiratete am 25. Juni 1904 auf dem Standesamt Sodingen
seine Freundin Karoline, geborene Schwertmann. Geboren am
4. November 1879 stammte sie aus Verl, Kreis Lübbecke.[10]

---

[8] Sammlung. Norbert Kozicki, Herne

[9] Heute gehört zur Stadt Herne

[10] Stadt Herne, Fachbereich Kultur, Städtische-Museen/Stadtarchiv

B.

Nr. 42.

Södingen, am fünfundzwanzigsten
Juni — tausend neunhundert und zwei.

Vor dem unterzeichneten Standesbeamten erschienen heute zum Zwecke
der Eheschließung:

1. der Bergmann Ernst Benjamin Ender,

der Persönlichkeit nach _____ bekannt,

evangelischer Religion, geboren am _____ vier ten
Juli _____ des Jahres tausend acht hundert
achtzig und vier zu Haina, Kreis
Hildburghausen , wohnhaft in Holthausen N.º 62 ,

Sohn der Eheleute Nagelschmied August Ender
und Christoffel geborene Tillwich, ersterer
verstorben Haina, letztere wohnhaft
in Haina,

2. die geschäftslos Karolin, Wilhelmine,
Schwettmann, _____

der Persönlichkeit nach _____ bekannt,

evangelischer Religion, geboren am _____ vier ten
November _____ des Jahres tausend acht hundert
siebzig und neun zu Varl, Kreis
Lübbecke, , wohnhaft in Holthausen
N.º 61 g ,

Tochter der Eheleute Ackerer Christian
Wilhelm Schwettmann und Louise
Sophie geborene Zelle, zuletzt wohnhaft
in Varl,

Als Zeugen waren zugezogen und erschienen:

3. Der Tagelöhner Jakob Kind, _____

der Persönlichkeit nach _____ bekannt,

35 Jahre alt, wohnhaft in Holthausen No 63 c.

4. Der Schneidermeister Peter Leonhard,

der Persönlichkeit nach _____ bekannt,

29 Jahre alt, wohnhaft in Holthausen No 62 f.

Der Standesbeamte richtete an die Verlobten einzeln und nach
einander die Frage:
> ob sie die Ehe mit einander eingehen wollen.

Die Verlobten bejahten diese Frage und der Standesbeamte
sprach hierauf aus,
> daß sie kraft des Bürgerlichen Gesetzbuchs nunmehr
> rechtmäßig verbundene Eheleute seien.

Vorgelesen, genehmigt und unterschrieben _____

Ernst Ender _____
Karoline Ender geborene Schaltkamm
Jakob Kind
Peter Leonhard. _____

Der Standesbeamte.

In Vertretung
Graf

Heiratsurkunde Karoline und Ernst Ender[11]

---

[11] Stadt Herne, Fachbereich Kultur, Städtische-Museen/Stadtarchiv

Anfang 1905 zog er mit seiner Gattin nach Hamborn. Er wohnte in einer Bergarbeitersiedlung in Alt-Hamborn, Schachtstraße 3, im Volksmund „Klein-Warschau" genannt.[12]

Schachtstraße/Duisburg[13]

Hamborn, Gesamtansicht 1920er Jahre [14]

---

[12] Adressbuch der Stadt Hamborn für 1907, Stadtarchiv Duisburg

[13] Foto: Hidir Boganzkaya, Duisburg

[14] Postkarte, Stadtarchiv Duisburg

Bergbau in Ruhrgebiet[15]

---

[15] Fotos Quelle: Verlag Henselowsky Boschmann, www.vonneruhr.de

Zechenkolonie Hamborn 1920er Jahre [16]

---

[16] Stadtarchiv Duisburg

Bebel.   Liebknecht.

Tilde.   Marx.   Lassalle.

Gründer und Häupter der socialdemokratischen Partei.

Eintritt in die SPD-Hamborn

Am 29. September 1906 wurde in Hamborn Sohn Walter geboren.[17] Im Jahr 1906 wurde Ernst Ender Mitglied des sozialdemokratischen Bergarbeiter-Verbands (BAV). 1907 trat er in die SPD in Hamborn ein. Er arbeitete vom 2. Oktober 1905 bis 31 August 1907 auf der Zeche „Deutscher Kaiser" (später Schachtanlage „Friedrich Thyssen") als Hauer.

Zeche „Deutscher Kaiser" im Jahre 1910[18]

Um 1907 zog er mit seiner Familie nach Gladbeck-Butendorf, Phönixstraße 34.[19] Ernst Ender fand Arbeit auf Zeche „Graf Moltke" in Gladbeck vom 4. September 1907 bis 30.

---

[17] Meldekarte von Familie Ernst Ender, Stadtarchiv Bottrop

[18]https://de.wikipedia.org/wiki/Gewerkschaft_Deutscher_Kaiser#/media/Datei:Gewer kschaft_deutscher_kaiser_1910.jpg

[19] Einwohnermeldekarte der Familie Ernst Ender, Stadtarchiv Gladbeck

September 1908. Am 27. Juli 1908 kam der zweite Sohn Willi auf die Welt.[20]

Zeche Graf Moltke in Gladbeck Schachtanlage I/II um 1910 [21]

---

[20] Meldekarte von Familie Ernst Ender, Stadtarchiv Bottrop

[21]ttps://de.wikipedia.org/wiki/Zeche_Graf_Moltke#/media/Datei:Zeche-Graf-Moltke-I-II.JPG

Brauck und Butendorf entstehen (1911): Ein Blick auf die Horster Straße in Richtung Horst; rechts zweigt die Elisabethstraße ab[22].

Von Gladbeck zog er mit seiner Familie nach Osterfeld, wo er auf der Zeche Oberhausen / Schacht Osterfeld vom 3. Oktober 1908 bis 30. April 1912 Arbeit fand. Die Familie wohnte in der Michaelstraße 58. Das Ehepaar bekam am 3. September 1911 seine Tochter Else.[23] Ernst Ender trat 1911 aus der Lutherischen Kirche aus.[24]

---

[22]https://de.wikipedia.org/wiki/Zeche_Graf_Moltke#/media/Datei:Zeche-Graf-Moltke-I-II.JPG

[23] Meldekarte von Familie Ernst Ender, Stadtarchiv Bottrop

[24] Landesarchiv NRW, Abteilung Rheinland, Bestand: NW 1039-E,Signatur Nr.1011

Gründer der SPD in Osterfeld

1911 gründete Ernst Ender eine SPD-Ortsgruppe in Osterfeld. Die stand er schon längst unter Beobachtung der örtlichen Polizei. Sie legte am 13. April 1910 ein Verzeichnis derjenigen Personen an, die sie als politisch gefährlich ansah, weil sie sich in der sozialdemokratischen Bewegung betätigte. Unter Nr. 4 wurde Ernst Ender aufgeführt. Er war außerdem Kassierer des sozialdemokratischen Bergarbeiter-Verbandes (BAV) auf Schaft Osterfeld.

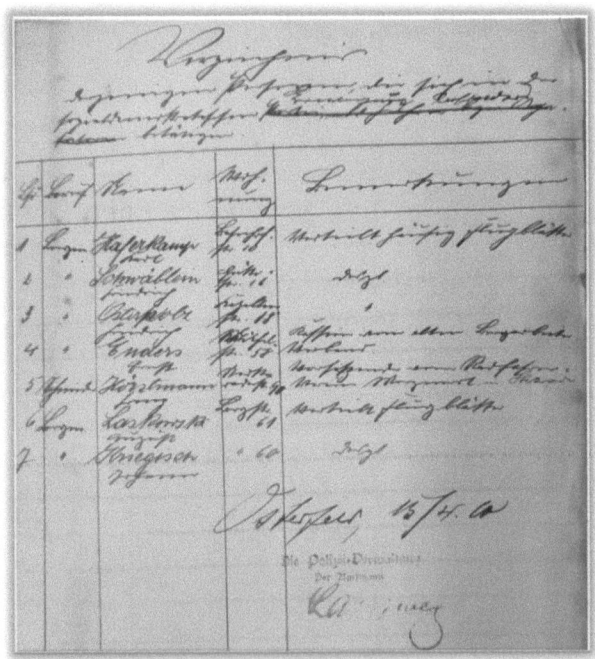

Maßregeln gegen staatsgefährdende Bestrebung[25]

---

[25] Amt Osterfeld, Maßregeln gegen staatsgefährdende Bestrebungen, Stadtarchiv Oberhausen

Zeche Osterfeld 1908[26]

Zeche Osterfeld, um 1912[27]

[26] Von Osterfelder Verlagsanstalt u. Buchdruckerei P. J. Spies, Osterfeld i. W. - Postkarte aus eigener Sammlung, PD-alt-100, https://de.wikipedia.org/w/index.php?curid=7439230

[27] Verlag Henselowsky Boschmann, www.vonneruhr.de

24

Als Aktivist im Bergarbeiterstreik von 1912[28]

Im März 1912 streikten die Bergleute auf den Zechen Vondern, Oberhausen, Osterfeld, Sterkrade, Hugo, Concordia, Alstaden, Moland und Ludwig.[29,30] Die Bergarbeiter forderten die achtstündige Schicht, das Ende der Arbeitsnachweise, die Einschränkung von Geldstrafen und Lohnerhöhungen. Der Streik wurde vom sozialdemokratischen BAV, dem liberalen Hirsch-Dunckerschen Gewerkverein und der polnischen Gewerkschaft Zjednoczenie Zawodowe Polski (ZZP) getragen. Nur der starke Gewerkverein christlicher Bergarbeiter lehnte die Teilnahme ab.

Vom 11. bis 19. März 1912 befanden sich zwischen 150.000 und 235.000 Bergarbeiter des Ruhrgebiets im Ausstand. Die Zechenbarone lehnten deren Forderungen ab. Kaiser Wilhelm II. forderte vom preußischen Innenminister: „Scharf schießen!" Bei Zusammenstößen mit Militär und Polizei wurden vier Arbeiter getötet und zahlreiche weitere verletzt. Der Streik wurde am 19. März abgebrochen. In der Folge wurden über zweitausend Anklagen gegen Bergarbeiter erhoben. Als einer der Streiksprecher des BAV auf Zeche Osterfeld wurde Ernst Ender entlassen.

---

[28] https://de.wikipedia.org/wiki/Bergarbeiterstreik_von_1912

[29] General-Anzeiger, 9. Jahrgang, Nr. 60, Seite 4, Montag,11. März 1912

[30] General-Anzeiger für Oberhausen, Sterkrade, Osterfeld, Bottrop, Nr. 60, Montag, 11. März 1912, 9 Jahrgang, Seite 1

Bewaffnete Polizei bewacht die Zeche Sterkrade, 1912[31]

Arbeiter und auswärtige Polizisten am Tor einer großen Zeche im Regierungsbezirk Arnsberg während des Bergarbeiterstreiks von 1912[32]

---

[31]Oberhausen, Eine Stadtgeschichte im Ruhrgebiet, Seite 316, Band 2, Aschendorff Verlag 2012

[32] Wikipedia, https://de.wikipedia.org/wiki/Datei:Bergarbeiterstreik_1912_(4).jpg

Dieses Bild mit Blick in Richtung Marktplatz/Osterfeld[33]

Ernst Ender musste am 1. Juli 1912 nach Bottrop umziehen.[34]
Dort wurde am 13. Januar 1913 Sohn Alfred Arthur geboren.[35]

---

[33] Der Kickenberg, Osterfelder Heimatblatt, Dezember 2010, Nr. 17, Seite 4

[34] Meldekarte von Familie Ernst Ender, Stadtarchiv Bottrop

[35] Meldekarte von Familie Ernst Ender, Stadtarchiv Bottrop

Bottrop, Gladbecker Straße, um 1913, links die Kirchhellener Straße[36]

Ernst Ender fing als Hauer auf der Zeche Rheinbabenschächte an, wo er vom 2. Mai 1912 bis 5. September 1932 arbeitete. Er wurde von seinen Kollegen zum Betriebsrat gewählt.

---

[36] Postkartensammlung Jörg Wingold, Bottrop

Zeche Rheinbabenschächte[37]

---

[37] Postkartensammlung Jörg Wingold, Bottrop

Wahlplakat der USPD zur Reichstagswahl am 6. Juni 1920

Übertritt zur USPD

Ernst Ender hatte vom Oktober 1901 bis September 1903 im kurhessischen Infanterieregiment Nr. 82 gedient.[38] Im Ersten Weltkrieg wurde er 1914 eingezogen und lag in Folge eines Unfalls im Lazarett. 1915-1916 arbeitete er im besetzten Polen als Grubenarbeiter. 1917 wurde er als Bergarbeiter vom Kriegsdienst zurückgestellt.[39]

Im Januar 1918 gründete der Bergmann August Banko in Bottrop-Osterfeld die USPD. Ernst Ender wurde Mitglied. Die frisch gegründete sozialistische Partei verteilte in Bottrop-Osterfeld 6.000 Flugblätter vor Zechen, worauf am 30. Januar 1918 die Bergarbeiter der Zechen „Prosper II-Fortsetzung" und „Prosper III" in den Streik traten.[40] August Banko wurde festgenommen und saß bis zur Novemberrevolution im Gefängnis. In der gleichen Zeit wurde Ernst Ender erneut Vater eines Sohnes Otto Hermann, geboren am 26.03.1918.[41]

---

[38] Landesarchiv NRW, Abteilung Rheinland, Signatur: RW 0058, Nr. 01215

[39] Militär Pass, Nachlass von Ernst Ender, Besitz: Peter Battenstein, Bottrop

[40] (DZA Merseburg Rep. 197 a, I o, Nr. 8, Bd. 1, Bl. 98 f.; in: Walther, Henri/Engelmann, Dieter, Zur Linksentwicklung der Arbeiterbewegung im Rhein-Ruhrgebiet unter besonderer Berücksichtigung der Herausbildung der USPD und der Entwicklung ihres linken Flügels vom Ausbruch des 1. Weltkrieges bis zum Heidelberger Parteitag der KPD und dem Leipziger Parteitag der USPD (Juli/August 1914 – Dezember 1919), Bd. 2, Leipzig 1963, S. 30 f.

[41] Meldekarte von Familie Ernst Ender, Stadtarchiv Bottrop

USPD-Emblem (1920)

Wahlplakate zur Nationalversammlung 1919[42]

---

[42] Palaktsammlung: Jörg Wingold, Bottrop

Unabhängige sozialdem. Partei Bottrop.

Achtung!   Achtung!

Oeffentliche Volksversammlung

Sonntag, den 18. Mai, vormittags 10 Uhr,
in der Schauburg.
Tages-Ordnung: Die Friedensbedingungen
und die unabhängige Sozialdemokratie.
Referent **Joseph Ernst-Hagen.**
Nachmittags 6 Uhr Mitglieder - Versammlung der
Zahlstelle Eigen in der Wirtschaft Grosse-Beck.
Nachmittags 6 Uhr Mitglieder - Versammlung der
Zahlstelle Boy in der Wirtschaft Schweers. — — —
Der Einberufer.

Veranstaltung des USPD-Bottrops zu den Friedensbedingungen 1919[43]

---

[43] Bottroper - Osterfelder Volkszeitung, Nr. 113, Bottrop, 17. 05.1919, S. 5

Novemberrevolution 1918 und Arbeiter-u. Soldatenrat

1.August Banko
2.Wingold

Mitglieder des sozialdemokratischen ASR - Bottrop)[44]

Am 10. November 1918 erreichte die Novemberrevolution Bottrop. Von sozialdemokratischen und christlichen Gewerkschaftern wurde der Arbeiter- und Soldatenrat (ASR) gegründet. In ihm vertrat allein August Banko die USPD. Ernst Ender wurde ein Leiter der Sicherheitswehr.

---

[44] Ausschnitt aus der National-Zeitung Essen, 27.04.1934, Stadtarchiv Bottrop

Aufruf!

Um dem Bolschewistischen Treiben vorzubeugen, haben wir beschlossen, einen

Arbeiter- und Soldatenrat

zu wählen.

Im Interesse der hiesigen Gemeinde bitten wir, daß ein jeder seiner täglichen Beschäftigung nachgeht, um Ruhe und Ordnung aufrecht zu erhalten.

Die Arbeitsangelegenheiten sind in die Hände des Arbeiter- und Soldatenrates niedergel. und die Forderungen der Arbeiter (Verkürzung der Arbeitszeit und Lohnerhöhung der Schichtlöhn und Gedingearbeiter), werden **sofort** den Zechenverwaltungen unterbreitet werden. Näheres wird durch die auf den Zechen zu den Anfahrtszeiten anwesenden Vertreter des Arbeiter- und Soldaten- rates mitgeteilt. Für die Annahme der Forderungen kann schon heute garantiert werden.

Ansammlungen auf der Straße sind grundsätzlich zu vermeiden.

Wenn wir von den Bürgern Bottrops unterstützt werden, leisten wir Garantie für voll- dige Ruhe.

Plünderungen sowie jegliches Vergreifen an fremdem Eigentum w. standrechtlich abgeurteilt.

Den Anordnungen der aufgestellten Posten und Patrouillen sowie auch der durch weiße Armbinden kenntlich gemachten Polizeiwachtmann- schaften ist unbedingt Folge zu leisten.

Alle Veranstaltungen (wie Kino usw.) nehmen in gewohnter Weise ihren Fortgang.

Bottrop, den 10. November 1918

Der Arbeiterrat:

Weber. Piecowski, Stefan. Wingold. Banko, August. Rettig, Heinrich. Bünte. Kollmann.

Der Soldatenrat:

Morio. Kläsener. Kowalczyk. Peter.

Aufruf des ASR gegen Streiks und Plünderung[45]

Besonders wichtig war die Versorgung der Bevölkerung mit Grundnahrungsmitteln. Wie im Gründungsflugblatt stand, war ein Ziel des Arbeiter- und Soldatenrats, Ruhe und Ordnung

---

[45] Stadtarchiv Bottrop B I 10, Nr. 78

aufrechtzuerhalten, um „dem Bolschewistischen Treiben vorzubeugen". Zur gemäßigten sozialdemokratischen Mehrheit des ersten ASR in Bottrop standen August Banko und Ernst Ender in Opposition.

Während der Arbeiter- und Soldatenrat (ASR) wichtige politische Aufgaben übernahm, wurde der alte Bottroper Gemeinderat unberührt weiter bestehen gelassen, obwohl er nach dem preußischen Drei-Klassen-Wahlrecht gewählt worden war. Der ASR sprach den Leitern der Amtsverwaltung sowie der Gemeindevertretung das Vertrauen aus.[46]

Neben dem Arbeiter- und Soldatenrat gab es jedoch auch Zechenräte, die von den Bergarbeitern direkt gewählt worden waren. Konflikte brachen auf, als der ASR die Zechenräte nicht anerkannte, weil dort radikale und revolutionäre Stimmungen für Streiks vorherrschten.[47]

Ernst Ender spielte oft eine vermittelnde Rolle zwischen Gemäßigten und Revolutionären. Als ein junger Verkäufer der Zeitungen „Die Rote Fahne, Freiheit USPD, Freiheit für KPD in Ruhrgebiet" durch die Bottroper Sicherheitswehr verhaftet wurde, sorgte Ernest Ender für dessen Freilassung.[48]

---

[46] Erwin Rosenfeld, Die revolutionären Ereignisse in Bottrop 1918/20, Seite 100, Bottrop 1970, (Stadtarchiv Bottrop).

[47] Sitzungsbericht der Arbeiter-und Soldatenrat Bottrop,21.12.1918, Seite 43, Stadtarchiv Bottrop B III 32 Nr. 25

[48] Nachlas Lucas-Busemann 5/32, Stadtarchiv Recklinghausen

Tageszeitung „Die Rote Fahne", Zentralorgan des Spartakusbundes

Tageszeitung Freiheit, Organ der KP in Ruhrgebiet

Tageszeitung „Die Freiheit", Berliner Organ der USPD

Innerhalb des Arbeiter-und Soldatenrates stellte er fest, der ASR habe einen „Schwenk nach rechts" vollzogen und dem Druck der Bürgerschaft und der Amtsverwaltung nachgegeben. Sichtbares Zeichen war das Einholen der roten

Fahne vom Dach des Bottroper Rathauses.[49]

Im Dezember 1918 radikalisierte sich die Arbeiterschaft. Revolutionäre Bergarbeiter sammelten sich auf dem Neumarkt und forderten die Aufnahme der Spartakusgruppe in den ASR und mehr Sitze für USPD.[50] Ende des Monats bewilligte der Arbeiter-und Soldatenrat zwei Sitze der Spartakusgruppe und zwei Sitze der USPD.[51] Als Mitglied der USPD und des Bergarbeiterverbandes wurde Ernst Ender am 28. Dezember 1918 in den Arbeiter- und Soldatenrats aufgenommen.[52]

Anfang Januar 1919 bildete der sozialdemokratische Arbeiter- und Soldatenrat Zechenschutzwehren auf den Schachtanlagen, um „gegen bolschewistische Überfälle die arbeitende Belegschaft zu sichern". Die Zechenschutzwehren bestanden aus langjährigen Gewerkschaftern der betreffenden Schächte, die für ihre Tätigkeit Geld, Verpflegung und Waffen von den Zechen bzw. vom ASR bekamen.[53]

Der Einfluss der Revolutionäre wuchs jedoch weiter. Auf der Zeche „Prosper II" rief am 10. Januar 1919 der Hauer Fabian Korbel zum Streik auf. Dieser griff auf die Zeche „Arenberg-Fortsetzung" über. Die gemäßigten Zechenwehren des ASR wurden von den Streikenden entwaffnet.[54] Um dem politischen Druck von unten entgegenzuwirken, beschloss der ASR am gleichen Tag, der USPD 7 Sitze und dem Spartakusbund bzw.

---

[49] Sitzungsbericht der Arbeiter-und Soldatenrat Bottrop, Seite 56, 05.12.1918, Stadtarchiv Bottrop B III 32 Nr. 25

[50] Nachlas Lucas-Busemann 5/32, Stadtarchiv Recklinghausen

[51] Sitzungsbericht der Arbeiter-und Soldatenrat Bottrop, 23.12.1918, Seite 44, Stadtarchiv Bottrop B III 32 Nr. 25

[52] Sitzungsberichte der ASR - Bottrop, 28.12.1918, Seite 47, Stadtarchiv Bottrop

[53] Bottrop Volkszeitung/Osterfelder Volkszeitung, 39. Jahrgang, Donnerstag, 2. Januar 1919, Nr. 1, Seite 3

[54] Zwölf Jahre Ruhrbergbau, Dr. Hans Spethmann, Seite 159-160, Berlin 1928

der KAPD 6 Sitze zu geben.[55] Doch nur einen Tag später wurde der Beschluss zurückgenommen.[56] Auch die USPD distanzierte sich am 11. Januar 1919 von jeglichem Massenstreik.[57]

Am 13. Januar 1919 ließ auf Initiative der SPD der Arbeiter- und Soldatenrat Militär aus Münster nach Bottrop kommen, um für „Ruhe und Ordnung" zu sorgen, und besonders zum „Schutz der Schachtanlagen gegen Streiks".[58] Man stützte sich dabei auf ein Telegramm des Reichspräsidenten Ebert (SPD), in dem dieser Schutz zugesagt hatte. Bottrop wurde durch Militär besetzt. Bei Schießereien wurde die vierzehnjährige Emma Lassar schwer verletzt und starb im Krankenhaus. Von Bottroper Bergarbeitern wurde der Einmarsch der Truppen abgelehnt. Sie sagten: „Nehmt den Hunden die Waffen ab! Haut sie nieder!".[59] Die revolutionären Bergarbeiter drohten dem sozialdemokratischen Arbeiter- und Soldatenrat mit Streik, wenn die Truppen nicht aus Bottrop abziehen würden. Das Militär musste sich zurückziehen.[60] Auf einer Demonstration wurde die Neuwahl des Arbeiter- und Soldatenrates gefordert.

---

[55] Sitzungsbericht der Arbeiter-und Soldatenrat Bottrop,10.01.1919, Seite 55, (Verhandlungen mit dem Spartakusbund), Stadtarchiv Bottrop B III 32 Nr. 25

[56] Sitzungsbericht der Arbeiter-und Soldatenrat Bottrop, 11.01.1919, Seite 56, Stadtarchiv Bottrop B III 32 Nr. 25

[57] Sitzungsbericht der Arbeiter-und Soldatenrats Bottrop, 11.01.1919, Seite 56, Stadtarchiv Bottrop B III 32 Nr. 25

[58] Akten über die Sicherheitswehr/Volkswehr, Stadtarchiv Bottrop B III 2 Nr. 3

[59] Rote Terror und weißer Schrecken, Josef Bucksteeg, Seite 29, Bottrop 2001

[60] Sitzungsbericht der Arbeiter-und Soldatenrat Bottrop,16.01.1919, Seite 61, Stadtarchiv Bottrop B III 32 Nr. 25

Streiks und sogenannter Rathaussturm

Amtshaus Bottrop, Februar 1919, Foto: Max Wippeling[61]

In der Nacht 17./18. Februar 1919 griff die **sozialdemokratische** Volkswehr die Wache der streikenden Bergarbeiter auf der Zeche „Prosper, Schacht I und II" an. Die Volkswehr meldete einen Toten. Es wurden mehrere Arbeiter erschossen, zwei verwundet und siebzehn als Gefangene zum Gerichtsgefängnis gebracht.[62,63] Auch die fünf Schlichter Ernst Ender, Wilhelm Pieske, Ludwig Sittek, August Banko (alle USPD) und Alois Fulneczek (KAPD) wurden festgenommen und zum Haupt-Polizeigefängnis **ins Rathaus abführt.**[64,65]

---

[61] Die Woche Bilder vom Tage, Seite 191, Nr. 9, Berlin, 1919

[62] National Zeitung, Jahrgang 9, Nummer 48, Samstag 19.02.1938, Seite 7

[63] Zwölf Jahre Ruhrbergbau Band I, Seite 223, Hans Spätmann, Berlin 1928

[64] Tageszeitung Lokal-Anzeiger für Dorsten und Umgebung

Nr. 53, Mittwoch, 5. März 1919, 7. Jahrgang, Seite 2

[65] Freiheit Organ von KP-Ruhrgebiet, 21. Februar 1919, Stadtarchiv Mühlheim an der Ruhr

Amtsgericht Bottrop[66]

Rathaus Haupt-Polizei-Wache[67]

---

[66] Foto: Stadtarchiv Bottrop

[67] Foto Şahin Aydin

Am Vormittag des 19. Februar versammelten sich die Angehörigen der Verhafteten aus Bottrop, Sterkrade, Osterfeld mit vielen Kumpeln vor der Haupt-Polizei-Wache und forderten die Freilassung der Festgenommenen. Die Polizei schoss gezielt auf die Menge und tötete acht Menschen.[68] Auf diese Nachricht hin marschierten am gleichen Tag ca. 500 revolutionäre Sicherheitsmänner aus Düsseldorf, Sterkrade, Osterfeld, Mühlheim an der Ruhr, die in ihren Städten offiziell die Polizeikräfte stellten, nach Bottrop.

Sie schickten einen USPD-Vertreter zum Arbeiter-und Soldatenrat in die Polizei-Hauptwache ins Rathaus, wo er im Namen der versammelten Menge die Freilassung der fünf Gefangenen aus der Polizei-Hauptwache und der siebzehn aus dem Gerichtsgefängnis forderte. In der Hoffnung auf baldigen Truppenersatz lehnte der sozialdemokratische Arbeiter- und Soldatenrat dies ab. Daraufhin beschossen die Sicherheitswehren mit Geschützen von außerhalb das Bottroper Rathaus. Zwei Stunden später hissten die Verteidiger die weiße Fahne als Zeichen der Kapitulation. Als die Arbeiter aus ihrer Deckung kamen, wurden sie aus einem anderen Flügel des Rathauses beschossen. Insgesamt gab es auf der Seite der revolutionären Bergarbeiter zunächst 64 Tote. Danach wurde die Beschießung bis zur endgültigen Kapitulation der Verteidiger fortgesetzt.[69] Zehn der Verteidiger fielen im Kampf; zwei wurden nach der Kapitulation erschlagen; einer erlag später seinen Verletzungen.[70,71]

---

[68] Illustrierte Geschichte der deutschen Revolution, Seite 324, Verlag Neue Kritik, 1970, Frankfurt am Main

[69] Wie die Regierungstruppen hausten, in: (Volksblatt der MSPD Bochum, Nr. 61, Bochum 13.03.1919, S. 2).

[70] Ewald Ochel, Erinnerungen einen revolutionären (1914-1021), Seite 148, Metropol Verlag, 2018 Berlin

[71] Essener Arbeiter Zeitung von MSPD, 18.07.1919.

Die 70 gefangenen Mitglieder der Bottroper Volkswehr und Polizei wurden nach Mühlheim transportiert, aber am 22. Februar 1919 wieder freigelassen. Insgesamt starben auf der Seite der revolutionären Arbeiterinnen und Arbeiter 72, darunter drei Unbeteiligte.[72] Das Rathaus wurde von dem revolutionären Arbeiter besetzt, die Gefangenen im Rathaus- und Gerichtsgefängnis darunter Ernst Ender befreit. Auf dem Gebäude wurde die rote Fahne gehisst.

Trotz einer Feuerpause, die vom Generalkommando in Münster unter General von Watter zu Verhandlungen akzeptiert wurde, marschierte am 23. Februar das präfaschistische Freikorps „Lichtschlag" in Bottrop ein. Der Vertreter der KAPD Alois Fulneczek wurde nach der Besetzung von Bottrop in der Zelle des Gerichtsgefängnisses von den Freikorpssöldnern ermordet.

Kavallerie des Freikorps Lichtschlag besetz Bottrop, (Anfang der Gladbecker Straße[73])

---

[72] Preußische Landesversammlung 1919/1920, Bericht des Untersuchungsausschusses über die Ursachen und den Verlauf der Unruhen Rheinland und Westfalen in der Zeit vom 1. Januar bis 19. März 1919, Signatur: Altenoberhausen 644, Stadtarchiv Oberhausen

[73] Foto: Sennecke, Berlin, 23.02.1919

Kavallerie des Freikorps Freikorps Lichtschlag besetzt Bottroper Rathaus, 23.02.1919[74]

Verhandlungsführer der revolutionären Bergarbeiter Alois Fulneczek wurde von Angehörigen des Freikorps Lichtschlag abgeführt und im Gerichts- Gefängnis ermordet [75]

---

[74] Foto: Fotograf Georg Lücker, Bottrop/ Sammlung Josef Bucksteeg

[75] Foto: Militärfotograf Sennecke aus Berlin, 23. Februar 1919

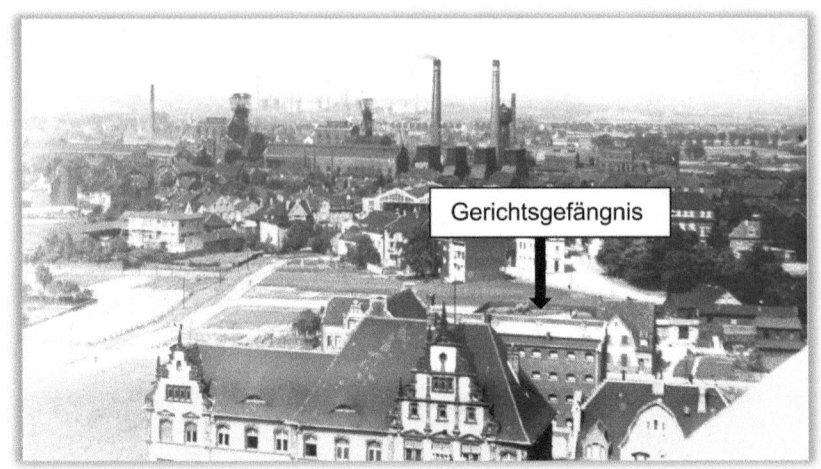

Blick vom Rathausturm nach Osten 1925: Amtsgericht, im Hintergrund Gerichtsgefängnis [76]

Am 24. Februar 1919 beschloss der mehrheitlich sozialdemokratische Arbeiter- und Soldatenrat den Ausschluss der Vertreter von USPD, der Kommunistischen Partei (gemeint KAPD) und der Polenpartei.[77]

Mittlerweile war Ernst Ender zum Vorsitzenden der USPD gewählt worden. Einen Wiedereintritt in den Arbeiter- und Soldatenrat lehnte er ab, da dieser rein sozialdemokratisch war.[78]

Am 18. Juni 1919 löste sich der Bottroper Arbeiter- und Soldatenrat selbst auf. Seine sozialdemokratischen Mitglieder wurden in Verwaltung und Polizei übernommen oder bekamen auf den Zechen Arbeit. So wurde der ASR-Vorsitzende

---

[76] Quelle: Stadtarchiv Bottrop

[77] Sitzungsbericht der Arbeiter- und Soldatenrat Bottrop,11.01.1919, Seite 75, Stadtarchiv Bottrop B III 32 Nr. 25

[78] Sitzungsbericht der Arbeiter-und Soldatenrat Bottrop,04.03.1919, Seite 79, Stadtarchiv Bottrop B III 32 Nr. 25

Wingold, der vorher im Bergbau beschäftigt war, zum Oberpolizeimeister befördert. [79,80]

Am 6. August 1919 wurde die Volkswehr aufgelöst und ihre Waffen an das Freikorps Schulz in Mühlheim an der Ruhr übergeben.[81] Mit den Mitgliedern der Volkswehr wurde die Bottroper Polizei verstärkt. In den Stadtratssitzungen trat Ernst Ender für die USPD als Einziger gegen die Verstärkung des Polizeiapparats auf, da nur ohne Unterdrückung eine Lösung für den Frieden in Bottrop gefunden werden könne.

---

[79]Adressbuch der Stadt Bottrop 1920, Seite 195, Druck & Verlag von Gebr. Klanten Bottrop

[80] Adressbuch Bottrop 1914, Seite 172, Druck & Verlag von Gebr. Klanten Bottrop

[81] Telegramm wegen Waffen der Volkswehr an Freikorps Schulz, B III 32 Nr. 3, Stadtarchiv Bottrop

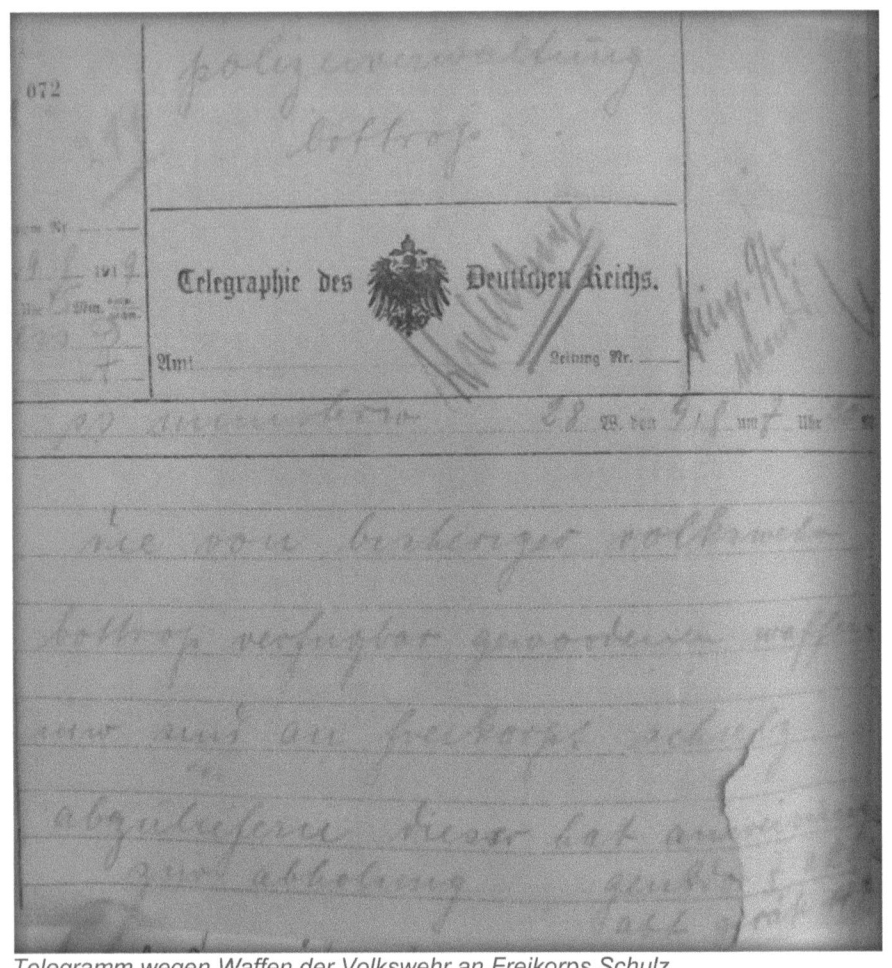

Telegramm wegen Waffen der Volkswehr an Freikorps Schulz

Ernst Ender (USPD), am 2. April 1919 in der Gemeinde-Vertretung Bottrop

„Der Antrag entflammt nicht allein unserer Ansicht, sondern der des großen Teiles der Arbeiterschaft. Die Volkswehr kostet nicht nur sehr viel Geld, sondern wenn die Arbeiter einmal zu den kosten herangezogen werden so werden sie ihr blaues wunder erleben. Wenn es einmal Ernst wird, wird die Volkswehr auch versagen. Sie wird sich nicht dazu

missbrauchen lassen, gegen Streikende vorzugeben. Die Arbeiterschaft bangt dafür, die Kosten zu tragen.[82]

Sozialdemokratische Volkswehr[83]

---

[82] Bottroper Volkszeitung, 3. April 1919, 39. Jahrgang, Seite 6, Nr. 78

[83] Foto: Stadtarchiv Bottrop

Bottroper Gemeinderatswahlen vom 9. März 1919

„Wir sind die Kraft, wir hämmern jung
das alte morsche Ding, den Staat,
die wir von Gottes Zorne sind
bis jetzt das Proletariat!"

Unabhängige sozialdemokr. Partei

Arbeiter! Arbeiterfrauen!
Wähler und Wählerinnen!

Wir protestieren aufs Schärfste gegen Reaktion,
Willkür und Gewaltherrschaft, wenn alle am Sonntag den Stimmzettel mit folgender Aufschrift in die
Wahlurne werfen:

Unabhängige sozialdemokratische Partei

Ender Ernst, Bergmann
Nawrath Florian, Bergmann.

Wahlanzeige USPD-Bottrop [84]

---

[84] Bottroper Volkszeitung- Osterfelder Volkszeitung, Samstag, 1. März 1919, Nr. 50, Seite 5

Im März 1919 hatte Ernst Ender auf der Liste der USPD zum Gemeinderat der Stadt Bottrop kandidiert. Sitzverteilung nach den Gemeinderatswahlen in Bottrop am 09. März 1919:[85]

Zentrum	24 Sitze
Polen Partei	17 Sitze
MSPD	6 Sitze
USPD	4 Sitze
Deutsche Volkspartei	2 Sitze
Deutsche Demokratische Partei	1 Sitz

Die USPD-Fraktion bestand aus folgenden Personen:

1. Ernst Ender, Bergmann
2. Florian Nawrath, Bergmann
3. Albert Aßmann, Bergmann
4. Josef Gamonn, Bergmann

Die politischen Verhältnisse in der Arbeiterbewegung in Bottrop änderten sich zwischen 1919 und 1920 grundlegend, wie die Wahlen zeigten:

Das katholische Zentrum bekam bei den Wahlen zur Nationalversammlung 1919, zum Preußischen Landtag 1919

---

[85] 1. Jahrbuch von Stadt Bottrop, Seite 32/33,1919/20, Herausgeber: Stadt Bottrop

und zum Reichstag 1920 immer rund zehntausend Stimmen. Die SPD fiel von ca. 5.500 Stimmen bei den Wahlen 1919 auf ca. 3.000 Stimmen im Jahr 1920. Die USPD stieg von über 4.000 Stimmen 1919 auf 7.000 Stimmen 1920. Die Kommunisten kandidierten 1919 nicht, erreichten 1920 ca. 9.500 Stimmen. USPD und KPD erreichten also 1920 zusammen ca. 16.500 Stimmen.

Wahlaufruf der USPD München, 1919[86]

---

[86] Plakat Sammlung von Jörg Wingold, Bottrop

Unabh. soz. Partei Bottrop.

Künstlerischer

Unterhaltungsabend

der

Gesellschaft Strzelewicz Dresden

am **Montag, den 18. August 1919**
im Lokale Grosse-Wilde, Gladbeckerstrasse,
am **Dienstag, den 19. August 1919**
im Lokale Schmuck, Horsterstrasse
am **Mittwoch, den 20. August 1919**
im Lokale Keisel, Bottrop-Boy, Holzstrasse.

Mitwirkende: Frl. **Lotte Woiska**, Konzert-
und Lautensängerin - Herr **Richard**
Rüppel, Opern- und Konzertsänger -
Herr **Kurt Strzelewicz**, Vortrags-
künstler - **B. Strzelewicz**, Rezitator
und Humorist - Frl. **Nelken**, Klavier.

Jeden Abend abwechselndes Programm!

Karten im Vorverkauf 1.50 Mark
sind bei den Parteifunktionären und in
obengenannten Lokalen zu haben. An der
Kasse 2.00 Mark. — Anfang **7 Uhr**.
Kinder haben **keinen Zutritt**.

Der Kreisvorstand.

Kulturbeitrag von USPD-Bottrop[87]

---

[87] Bottroper Volkszeitung, Samstag, 16. August 1919, S. 1, Nr. 188

Hoch der 1. Mai!

Proletarier!   Proletarierinnen!

Der Weltfeiertag der Arbeiter, der als solcher auf dem internationalen Sozialistenkongreß im Jahre 1889 als Demonstrationstag der revolutionären Arbeiterschaft gegen den Kapitalismus angesetzt wurde, naht. Die klassenbewußten Arbeiter des Bezirks Bottrop scharen sich um die Fahne der

Unabhängigen Sozialdemokratischen Partei

und zwar

in Eigen um 7 Uhr vormittags beim Wirt Große-Beck
die Filiale Osterfeld um 7 Uhr am Marktplatz
die Filiale Batenbrock um 7 Uhr beim Wirt Oehlschläger
die Filiale Bottrop I um halb 8 beim Wirt Tenbrink
die Filiale Boy um 7 Uhr am Mathiasplatz
die Filiale Gladbeck um 7 Uhr am Amtshaus.

Um 8 Uhr: Beginn der gemeinschaftlichen

Volks = Versammlung

auf dem Neumarkt in Bottrop.

Referent: Genosse Ernst=Hagen.

Anschließend daran

☞ großer Festzug ☜

unter Voranritt der Blumenthal'schen Kapelle, durch Bottrop u. Osterfeld. Abends 5 Uhr beginnen in den einzelnen Filialen die Lustbarkeiten, bestehend in

══ Konzert und Ball ══

und zwar für die Filiale Eigen beim Wirt Wittkamm, Kirchhellenerstr. die Filiale Batenbrock beim Wirt Schmuck, Horsterstr. und Wirt Thier, Prosperstraße, die Filiale Bottrop I beim Wirt Verhöven.

Mitglieder der U. S. P. weisen sich bei den Abendversammlungen durch ihre Mitgliedsbücher aus.

Arbeiter, da es uns seit dem Jahre 1914 infolge des Krieges nicht möglich war, den 1. Mai zu feiern, so erwarten wir in diesem Jahre eine Massenbeteiligung.

Hoch der 1. Mai!   Die Maifeierkommission.

1.Mai 1919 Feier von USPD Bottrop[88]

---

[88] Bottroper Volkszeitung, Mittwoch, 30. April 1919, S. 1, Nr. 99

Im Vollzugsrat gegen den Kapp-Putsch

Bottroper Volkszeitung als Organ der revolutionären Arbeiterschaft

Am 13. März 1920 putschte die monarchistische Reichswehr unter General von Lüttwitz gegen die SPD geführte Reichsregierung Bauer. Chef der Putschregierung wurde der Vertreter der ostelbischen Großgrundbesitzer Wolfgang Kapp. Die ArbeiterInnen antworteten mit dem Generalstreik in Deutschland. Im Ruhrgebiet bewaffneten sich die Arbeiter und auf Initiative der USPD-Bezirksleitung Hagen. Bewaffnete Arbeiter bildeten die Rote-Ruhr-Armee.

Sie besiegten die monarchistischen Truppen und Freikorps, entwaffneten die Sicherheitspolizei (SIPO) und die bürgerlichen Einwohnerwehren. Vollzugsausschüsse der Arbeiterbewegung übernahmen die politische Macht in den meisten Städten und Gemeinden des Ruhrgebietes.

Gegen den Kapp-Lütwitz-Putsch war in Bottrop die Teilnahme am Generalstreik und an politischen und militärischen Aktionen enorm. Auf den Zechen wurden nur Notstandsarbeiten ausgeführt. Es bildeten sich in den Betrieben Arbeiterräte und -ausschüsse.

Der Beginn des Generalstreiks in Bottrop wurde begleitet von einer großen gemeinsamen Versammlung von USPD, MSPD und KPD auf dem Neumarkt. An der Halde der Zeche „Prosper III" in der Nähe der Brücke Scharnhorststraße und an anderen

Stellen wurde die Sicherheitspolizei aus Essen in die Flucht geschlagen.[89]

Ernst Ender wurde Mitglied des Vollzugsrats als Vertreter der USPD.[90]

In einer Versammlung des Vollzugsrats forderten dessen Vorsitzender Rhone und Ernst Ender: *„Wir verlangen nach wie vor die Auflösung der Reichswehr, Errichtung einer reinen Arbeiterwehr, die von Offizieren des Republikanischen Führerbundes befehligt wird, und Absetzung aller Reichswehroffiziere, die dem Deutschen Offiziersbunde angehören. Die Arbeiterschaft werde erst dann die Waffen aus der Hand legen, wenn die Reichswehr entwaffnet sei".*[91]

---

[89] Ruhr Nachrichten 17.03.1990, Seite 4, Zeitzeugenbericht Viktor Kapka

[90] Westfälische Rundschau, Nr.152, 04.07.1961

[91] Bottroper Volkszeitung, 01.04.1920, Seite 3

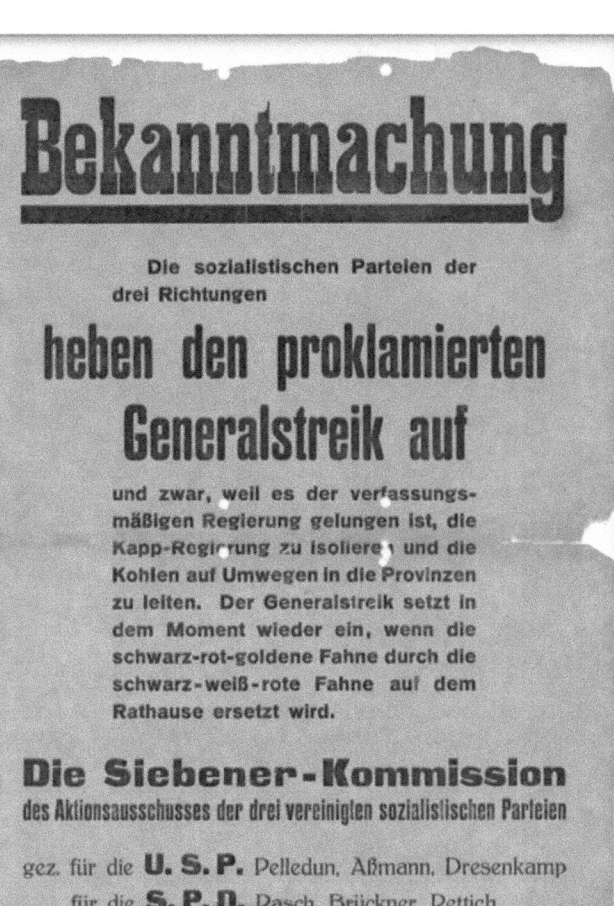

Bekanntmachung

Die sozialistischen Parteien der
drei Richtungen

heben den proklamierten Generalstreik auf

und zwar, weil es der verfassungs-
mäßigen Regierung gelungen ist, die
Kapp-Regierung zu isolieren und die
Kohlen auf Umwegen in die Provinzen
zu leiten. Der Generalstreik setzt in
dem Moment wieder ein, wenn die
schwarz-rot-goldene Fahne durch die
schwarz-weiß-rote Fahne auf dem
Rathause ersetzt wird.

Die Siebener-Kommission
des Aktionsausschusses der drei vereinigten sozialistischen Parteien

gez. für die **U. S. P.** Pelledun, Aßmann, Dresenkamp

für die **S. P. D.** Rasch, Brückner, Rettich

für die **K. P. D.** Krawatzki.

Haus der Essener Geschichte/ Stadtarchiv ® Copyright

Bekanntmachung von Bottroper sozialistischen Parteien[92]

---

[92] Quelle: Stadtarchiv Essen/NRW

Besetzung Bottrops durch das Freikorps Löwenfeld

Vom 3. April bis zum 18. Mai 1920 ermordete das Freikorps „3. Marine-Brigade von Loewenfeld" 258 ArbeiterInnen.

Das Sturmbataillon des Freikorps „3. Marine-Brigade von Loewenfeld" geführt vom ehemaligen U-Boot-Kommandanten und Kriegsverbrecher, Lothar Arnauld de la Perriere, vor dem Rathaus in Bottrop. In jenen Tagen hieß der Kompanieführer der Artillerie des Freikorps „Loewenfeld" Albert Leo Schlageter, verantwortlich für die Zerstörung von Zechenkoloniehäusern.

Ein Geschütz der Batterie Schlageter bei Bottrop

Ernst Ender gegen den Mord an Matthias Erzberger

Auf der Lokalseite der Bottroper Volkszeitung wird folgendes berichtet:

„Gestern Nachmittag fand sich auf dem hiesigen Rathausplatz eine 2–3000-köpfige Menschenmenge zu einer Demonstration gegen den Meuchelmord an Erzberger zusammen. Die Kundgebung ging aus von den Sozialdemokratischen Parteien und den freien Gewerkschaften. Einige Stadtverordnete auf der Linken begaben sich dann auf den Balkon des rechten Rathausflügels (über der Stadtkasse)." Stadtv. Ende (USPD) nahm das Wort zu einer Ansprache, in der er den Mord an dem Reichstagsabgeordnete Erzberger aufs schärfste geißelte und ihn als eine ruchlose, feige Tat der Reaktionäre hinstellte. Die Deutschnationale Partei habe stets eine gewissenlose Hetze getrieben und ihr sei es auch zuzuschreiben, dass Führer der Linken, wie Liebknecht, Rosa Luxemburg, Gareis u. a. ermordet worden seien. Dem Treiben müsse durch eine geschlossene Front der übrigen Parteien Einheit geboten werden und vor allem durch den engen Zusammenschluss des Proletariats. Er forderte zum Schluss die Anwesenden auf, in der Verurteilung dieses politischen Meuchelmordes fest und unerschütterlich dazustehen und für alle Zukunft dem gewissenlosen Treiben der Deutsch-Nationalen für die Beseitigung unangenehmer Gegner durch eine geschlossene Stellungnahme ein Ende zu machen.

Nach Beendigung der Ausführungen ordnete man sich zu einem Demonstrationszug durch die Stadt. Nach dem Umzuge sammelten sich die Kommunisten noch einmal auf dem Rathausplatz zu einer Kundgebung, bei der Stadtv. Assmann eine Ansprache hielt, danach fand die Demonstration ein Ende. Zu Zwischenfällen und Ausschreitungen ist es nicht gekommen.[93]

Mit einer solchen Aktion konnte die USPD in Bottrop, für die Ernst Ender der bekannteste Redner war, ihren politischen Einfluss in der Arbeiterschaft vergrößern.

Doch spaltete sich die USPD im Oktober 1922. Der rechte Flügel ging zur SPD und der radikalere Teil zur KPD. In Bottrop traten am 7. November 1922 die früheren USPD-Stadträte Ender, Piecowski, Wilhelm, Kahlhoff, Weber, Pawroth in die Vereinigte SPD (VSPD) ein.[94] Zwei Mitglieder der USPD-Fraktion schlossen sich der KPD an.

---

[93] Bottroper Volkszeitung, Amtliches Kreisblatt der Stadt Bottrop, 41. Donnerstag, 1. September 1921, Jhrg. Nr. 292, Seite 7

[94] Protokollheft von Gemeinderat Bottrop, 1920-1929, Seite 275, Stadtarchiv Bottrop, CI 1, Nr. 12

USPD-Fraktion im Gemeinderat in Bottrop löst sich auf

Am 7. November 1922 spaltetet sich die USPD-Fraktion im Bottroper Gemeinderat. USPD und MSPD vereinigen sich zur VSPD-Fraktion. Die Mitglieder sind Piecowski, Wilhelm, Ender, Dahlhoff, Weber, Nawrath. Hermann Weber trat am 01.01.1924 und Stefan Piecowski am 15.01.1924 wieder aus. Ernst Ender gehörte dem Gemeinderat Bottrop bis zu seinem Austritt am 20.11.1924 an. Albert Assmann und Paul Riedel gingen von der USPD zur KPD und bildeten deren Stadtratsfraktion.

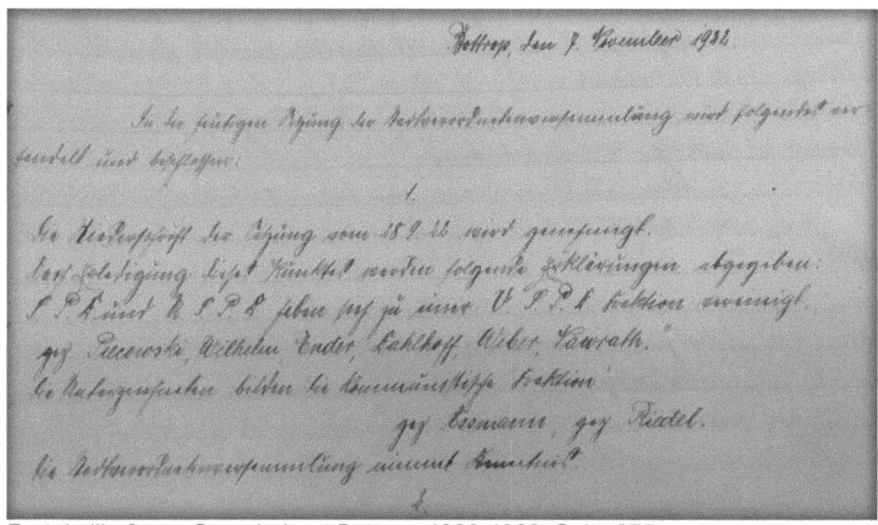

Protokollheft von Gemeinderat Bottrop, 1920-1929, Seite 275

Gemeinderatswahlen in Bottrop am 9. Mai 1924

Nach den Gemeinderatswahlen in Bottrop am 9. Mai 1924 sah die Sitzverteilung wie folgt aus:[95]

Zentrum Partei: 16 Sitze

Polen Partei: 2 Sitze

Vereinigte Rechtsparteien: 2 Sitze

Kriegs-und Arbeitsopfer: 1 Sitz

Christliche Volks-Gemeinschaft: 4 Sitze

Völkisch-Sozialer Block: 1 Sitz

Grenzlanddeutsche: 1 Sitz

VSPD: 4 Sitze

KPD: 14 Sitze

Der VSPD- Fraktion gehörten an:

Ernst Ender, Bergmann, Fraktionssprecher.

Fritz Dahlhoff, Steiger

Stephan Piecowsli, Kastellan.

Hermann Weber, Bergmann

Ender, Piecowsli und Weber traten aus dem Bottroper Gemeinderat im November 1924 zurück.

---

[95] Bottroper Volkszeitung, Samstag, 10. Mai 1925, Nr.110, Seite 4

Bergbau im Ruhrgebiet[96]

---

[96] Verlag Henselowsky Boschmann, www.vonneruhr.de

Mitgründer der SAP-Bottrop

29. November 1931 wurde in Bottrop eine Ortsgruppe der Sozialistischen Arbeiterpartei Deutschlands (SAPD) gegründet.[97]

Unter den Mitbegründern fanden sich die Bergleute Ernst Ender und Alois Saffert. Ernst Ender wurde deren Kassierer. Außerdem wurde er Mitglied des Deutscher Freidenker-Verbands.[98,99]

Im ehemaligen gemeinnützigen Gasthaus, Ecke Aegidistr., wurde die SAP-Bottrop gegründet[100]

---

[97] Sozialistische Arbeiterzeitung, Organ von SAPD, Sonnabend, 28.11.1931, Nr.: 23, Jahrg. 1931

[98] Landesarchiv NRW, Abteilung Rheinland, Bestand: RW 0058 Nr. 1215

[99] Landesarchiv NRW, Abteilung Rheinland, Bestand: RW 0058 Nr. 1215

[100] Foto: Şahin Aydin

Die Sozialistische Arbeiterzeitung der SAP schrieb:

„Bottrop Tritt gefasst ! Marschiert mit!

Bottrop ist eine Hochburg der Kommunisten. Das ist für den marxistisch geschulten Menschen keine Überraschung. Die sozialdemokratische Partei Bottrops jedoch steht dieser Tatsache verständnislos gegenüber und stammelt als Entschuldigung für ihre örtliche Schwäche stets nur von dem „Unverstand der Massen, der sie umlagert schwarz und dicht." So hat sie nach 1918 eine Position nach der anderen verloren und ist heute fast zu einer Sekte geworden, die sie im Schatten des Zentrums der „demokratischen Fortschritte" erfreut. Die Kommunisten aber machen weiter in wohl ehrlich gemeinten aber sinnlosen Parolen Politik. Nur so ist es zu verstehen, dass in der Bergarbeiterstadt Bottrop, der kinderreichsten Stadt Preußens, von einem Einfluss der Arbeiterschaft auf die Geschicke der Stadt kaum etwas zu spüren ist. Nun hat auch Bottrop eine Ortsgruppe der SAP. Sie weiß, wo der Hebel anzusetzen ist, Sünden der Vergangenheit wieder gut zu machen. Sie sieht die ungeheuren Schwierigkeiten, die zu überwinden sind. Sie weiß aber auch, dass diese Arbeit geleistet werden muss, wenn der proletarische Befreiungskampf vorwärtsgetrieben werden soll. Darum geht sie an die Arbeit und hört nicht auf die Miesmacher und Spötter.

Am Sonntag, den 29. November, hält sie um 16 Uhr im Gemeinnützigen Gasthaus, Aegidistr., ihre erste ordentliche Mitgliederversammlung ab. Das ist der Beginn des Kampfes um die Einheit der Bottroper Arbeiterschaft. Mitkämpfer sind zu dieser Versammlung herzlich eingeladen".[101]

---

[101] Sozialistische Arbeiterzeitung, Organ von SAPD, Sonnabend, 28.11.1931, Nr.: 23, Jahrg. 1931

Die SAP war eine Abspaltung des linken Flügels der SPD. Zu ihre gehörten Persönlichkeiten wie Willy Brandt, Heinz Kühn und Otto Brenner. Die SAP trat im Gegensatz zur SPD und KPD für die Einheitsfront der beiden großen Parteien und der Gewerkschaften gegen den Nationalsozialismus ein.

Am 5. September 1932 wurde Ernst Ender als Invalide auf der Zeche „Rheinbaben" entlassen.

Zeche „Rheinbaben"[102]

---

[102] Foto Quelle: Regionaler Literaturversorger Ruhrgebiet Verlag Henselowsky Boschmann, www.vonneruhr.de

Im Widerstand gegen den Nationalsozialismus

Am 22. Juli 1936 fand vor dem Oberlandesgericht Hamm das erste Verfahren gegen die Mitglieder der Widerstandsgruppe „Germania-Kreis" statt.[103] Es richtete sich gegen die 58 rechtsrheinisch wohnenden Mitglieder der Gruppe wegen „Vorbereitung zum Hochverrat". Darunter befanden sich allein 20 Angeklagte aus dem Essener Stadtgebiet, 13 Personen aus Oberhausen, acht aus Gelsenkirchen, sieben aus Duisburg, vier aus Dinslaken, vier aus Mühlheim und zwei aus Bottrop. Bei den beiden handelte es sich um den Bergmann und Gewerkschafter Ernst Ender und den Bergmann Alois Saffert. Ender wurde zu einem Jahr und acht Monaten und Saffert zu einem Jahr und zehn Monaten Zuchthaus verurteilt.

Aufgrund der großen Personenzahl teilte man den Prozess in drei Verfahren auf. Es wurde gegen insgesamt 166 Widerstandskämpfer aus dem Umkreis der „Germania" vom nationalsozialistischen Strafsenat des Oberlandesgerichts in Hamm Anklage wegen Hochverrats erhoben.

Unter den Angeklagten befanden sich allein 76 Bergleute, 15 Schlosser, mehrere Weber und Fabrikarbeiter. Alle Angeklagten wurden verurteilt.

---

[103] 1933 bis 1945 Widerstand und Verfolgung in Mühlheim an der Ruhr, Seite 157-160, Herausgeber: VVN/Bund der Antifaschisten Kreisvereinigung Mühlheim an der Ruhr, 1988

*Verteilung illegaler Schriften 1934: Auslieferungswagen der Brotfabrik "Germania"
von August Kordahs, mit Hermann Runge am Steuer und Walter Leese
(stehend)[104]*

Wer war der Germania-Kreis?

Germania war eine Brotfabrik in Hamborn mit sozialdemokratischem Besitzer. In den Jahren 1934/35 arbeitete hier eine gleichnamige Widerstandsgruppe, die sich aus Sozialdemokraten, Mitgliedern des Reichsbanners „Schwartz-Rot-Gold", ADGB-Mitgliedern und aus der SAP rekrutierte. Die Aktionen der Gruppe waren auf Propaganda gegen das NS-Regimes ausgerichtet. Die Brotfabrik diente hierbei als Sammelstelle des brisanten Materials, das von den Brotfahrern zusammen mit dem Brot an einen interessierten und vertrauenswürdigen Kundenkreis ausgeliefert wurde, der sich in den umliegenden Arbeiterkolonien rasch finden ließ. In

---

[104] Archiv der sozialen Demokratie der Friedrich-Ebert-Stiftung, Bonn

seiner Hochphase erstreckte sich das Aktionsgebiet des Widerstandskreises auf das westliche Ruhrgebiet und den Niederrhein.

Ernst Ender wurde vorgeworfen, er habe illegalen Schriften gelesen und weitergeleitet. Außerdem habe er an einer illegalen 1. Mai-Feier am 1 Mai 1935 in einer Gaststätte in Essen teilgenommen.

Die 1. Mai-Feier war von SPD und SAP gemeinsam organsiert.[105]

Am 13. April 1936 wurde Ernst Ender verhaftet, in der Duisburger Strafanstalt eingesperrt und von da aus in die Strafanstalt Herford eingeliefert.[106] Am 9. Juli 1936 wurde er als „Hochverräter" zu 1 Jahr 8 Monaten Zuchthaus verurteilt. Am 10.01.1938 kam er frei, doch schon am 05.02.1938 wurde er erneut verhaftet und in das KZ Buchenwald eingeliefert. Dort bekam er die Häftlingsnummer 1082. Er wurde am 18.02.1941 aus dem KZ Buchenwald entlassen.

Danach arbeitete er wieder auf der Zeche „Rheinbaben" als Zimmerhauer.

---

[105]Landesarchiv NRW, Abteilung Rheinland, Bestand: NW 1039-E, Signatur Nr.1011

[106] digitales Archiv ITS Bad Arolsen: Teilbestand: 1.2.2.1, Dokument ID: 11651720 –Listenmaterial Gruppe PP; Teilbestand: 1.1.5.3, Akten ID: 5819653 – Individuelle

Unterlagen Buchenwald; Teilbestand: 1.1.5.1, Dokument ID: 5342400 –

Listenmaterial Buchenwald

Bergbau[107]

---

[107] Foto Quelle: Regionaler Literaturversorger Ruhrgebiet
Verlag Henselowsky Boschmann, www.vonneruhr.de

Nach 1945 in der Bottroper SPD und in der VVN e. V.

Am 14. Oktober 1945 fand die offizielle von der britischen Stadtkommandatur Bottrop genehmigte Gründungsversammlung des SPD-Ortsverein Bottrop-Boy-Welheim und in den Vorstand wurde auch Ernst Ender gewählt.[108]

Am Sonntag, den 17. November 1946, fand in der Aula der Oberschule für Jungen eine sehr gut besuchte Versammlung der politisch, rassistisch und religiös Verfolgten des Naziregimes statt.

Der Zweck dieser Versammlung war, die auf der Düsseldorfer Konferenz beschlossene Gründung einer „Vereinigung der Verfolgten des Naziregimes" in die Tat umzusetzen, an der er als Delegierter teilgenommen hatte.

In Vorstand des VVN-Bottrops wurden folgende Antifaschistinnen und Antifaschisten gewählt: Vorsitzender: Otto Schulz; Beisitzer: Ernst Ender, Wlodatschak, Van Kessel; Revisoren: Kunkel, Weil und Blumenthal.[109]

Logo von VVN e. V.

---

[108] Peter Baran, SPD Ortsverein Bottrop-Boy-Welheim, Seite 30, 1915 -1965, Stadtarchiv Bottrop

[109] Westdeutsche Volks-Echo, Seite 4, Freitag, 22. Nov. 1946

Ein Sozialist wird Bottroper Oberbürgermeister

Am 26. November 1945 wurden die Vorsitzenden der SPD und der KPD von der englischen Militärregierung zu einer Unterredung in das Bottroper Rathaus bestellt. Der stellvertretende Stadtkommandant, ein Hauptmann, sagte in seinem Bericht u. a., dass SPD und die KPD als politische Parteien genehmigt seien. Für Parlamentswahlen sei das deutsche Volk noch nicht reif, deshalb müssten Parlamentswahlen auf eine spätere Zeit verlegt werden. Zur Beratung der englischen Stadtkommandatur in Bottrop wurde von ihr ein Stadtausschuss ernannt, der aus 16 Mitgliedern von der SPD und KPD bestand. Die erste Sitzung fand am 11. September 1945, an der auch Ernst Ender teilnahm. Am 1. Februar 1946 wurde dieser Stadtausschuss von 16 auf 24 Mitglieder erweitert. Im Frühjahr 1946 wurden nacheinander mehrere Verordnungen zur Verbreitung von freien Gemeinde- und Kreiswahlen nach englischem Wahlmodus erlassen. Auf Stadtkreise mit 80 000 bis 100 000 Einwohnern entfielen 36 Vertreter.

In Bottrop gültig vorgeschlagen:

Von der CDU 36 Kandidaten, von der SPD 36 Kandidaten, von der KPD 35 Kandidaten, vom Zentrum 33 Kandidaten, Unabhängige 3 Kandidaten.

Bei den Wahlen am 3. Oktober 1946 haben an Stimmen erhalten:

CDU 43.615 (34,3%)

SPD 42.904 (33,7%)

KPD 27.693 (21,7%)

Zentrum 12.693 (9,8%)

Unabhängig 638 (0,5%)

An Sitzung erhielten bei der direkten Wahl:

CDU 12 Sitze

SPD 15 Sitze.

Aus der Reserveliste erhielt die CDU 3 Sitze, die KPD 3 Sitze, die SPD 2 Sitze, das Zentrum 1 Sitz und die Unabhängigen keinen Sitz. Zum Stadtverordnetenvorsteher wurde der Stadtvertreter Ernst Ender ernannt. Später wurde dieser Titel „Stadtverordnetenvorsteher" in Oberbürgermeister geändert. Er gab sein Amt nach einem Autounfall aus gesundheitlichen Gründen am 13. Oktober 1946 ab. An seine Stelle wurde Wilhelm Tenhagen zum Oberbürgermeister gewählt, Bernhard Schneider von der KPD zum Bürgermeister.[110]

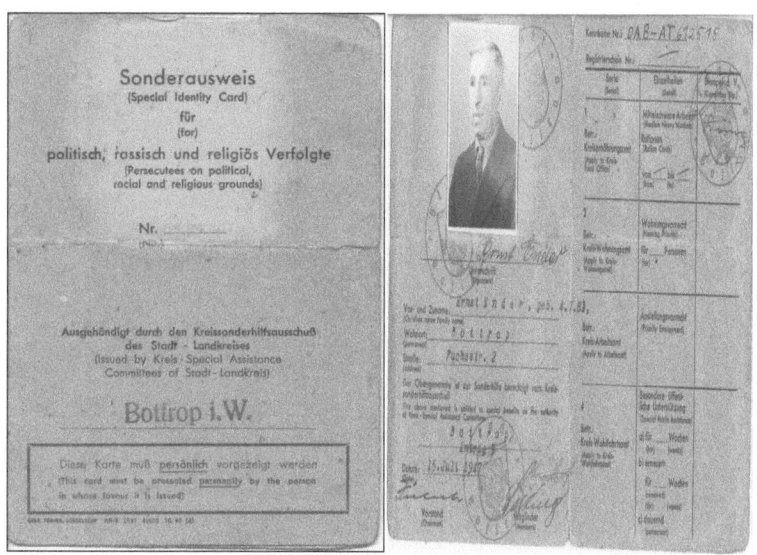

Ausweis von Ernst Ender für politisch Verfolgte des Nazi-Regimes[111]

---

[110] Peter Baran, SPD Ortsverein Bottrop-Boy-Welheim, Seite 30-35, 1915 -1965, Stadtarchiv Bottrop

[111] Nachlass von Ernst Ender, Arbeitsbuch, Besitz: Peter Battenstein, Bottrop

Ernst Ender blieb von 1946 bis 1948 Ratsmitglied für SPD.

Seine Ehefrau Karoline Wilhelmine Ender, geborene Schwertmann, starb am 4. September 1958 in Bottrop.[112]

Am 2. März 1959 heiratete er die Witwe Elisabeth Grassen, geborene Grosingki, geboren am 2. März 1907 in Bottrop. Ernst Ender zog danach von der Fuchsstraße 2 zur Fuchsstraße 4.[113]

---

[112], Landesarchiv NRW, Abteilung Rheinland, Bestand: NW 1039-E, Signatur Nr.1011 Sterbeurkunde

[113] Landesarchiv NRW, Abteilung Rheinland, Bestand: NW 1039-E, Signatur Nr.1011, Heiratsurkunde

Fuchstraße 2, Bottrop, Foto Şahin Aydin

Elisabeth und Ernst Ender bei ihrer Hochzeitsfeier mit der Familie[114]

---

[114] Foto: Nachlass von Ernst Ender, Besitz: Peter Battenstein, Bottrop

Heiratsurkunde

(Standesamt B o t t r o p - - - - - - Nr. 382/1959 - -)

Ernst Benjamin E n d e r - - - - - - - - - - - - -

- -

- - - - - - - - - - geboren am 4. Juli 1881 - - --

in Haina, Kreis Meiningen - - - - - - - - - - - --

(Standesamt Haina - - - - - - - - - Nr. 15 - - - - -)

wohnhaft in Bottrop - - - - - - - - - - - - - - - --

- und

die Witwe Elisabeth Grassen geborene G r o s i n s-

k i -

- - - - - - - - - - geboren am 2. März 1907 - - - --

in Bottrop --

(Standesamt Bottrop - - - - - - - - Nr. 389 - - - - -)

wohnhaft in Bottrop - - - - - - - - - - - - - - - --

- --

haben am 5. Juni 1959 - - - - - - vor dem Standesbeamten

des Standesamts B o t t r o p - - - - - - die Ehe geschlossen.

- --

- --

- --

- --

Bottrop den 17. September 1959

Der Standesbeamte
In Vertretung:

Du.

Heiratsurkunde Ernst Ender mit der zweiten Ehefrau Ender, geborene Elisabeth Grassen

Am 23. Oktober 1958 bekam Ernst Ender für seine Verdienste um die Stadt Bottrop nach 1945 und als Anerkennung für seine ablehnende Haltung gegenüber der NSDAP das Bundesverdienstkreuz verliehen.

Regierungspräsident Dr. Reismann überreichte Herrn Ender das Verdienstkreuz nebst Urkunde mit Unterschrift des Bundespräsidenten Prof. Heuss[115].

---

[115] Bottroper Volkszeitung, 24.10.1958

Verdienstkreuz für tapferen Sozialdemokraten

Gestern verliehen / In Anerkennung seiner Verdienste um die Stadt

Bottrop. In einer Feierstunde gestern abend im Overbeckshof überreichte Regierungspräsident Reismann dem 77jährigen früheren Bergmann und ersten Bottroper Oberbürgermeister nach dem letzten Kriege, Ernst Ender, Fuchsstraße 2, das Verdienstkreuz mit den herzlichsten Grüßen der Landesregierung und des Ministerpräsidenten. Ernst Ender, der seit 52 Jahren der SPD und seit 55 Jahren der Gewerkschaft angehört, erhielt die hohe Auszeichnung in Anerkennung seiner Verdienste um die Stadt Bottrop und deren Bevölkerung.

Die Verleihung erfolgte in Anwesenheit von Oberbürgermeister Wilczok, den Bürgermeistern Joschko und Höhe, dem Landtagsabgeordneten der SPD, Blassat, Stadtdirektor Gareis, Stadtbaurat Hasselbeck und anderen Vertretern der Verwaltung der Stadt.

Regierungspräsident Reismann, der die Verdienste Ernst Enders gebührend würdigte, erinnerte daran, daß der Geehrte bereits 1919 im Rat der Stadt wirkte und durch seine uneigennützige Hilfsbereitschaft in der Zeit der Not und des Elends Einfluß und Bedeutung besaß. Als 1933 die Nationalsozialisten an die Macht kamen, sei er nicht willens gewesen, sich ihnen zu beugen. Als aufrechter Demokrat habe sich Ernst Ender bewußt gegen das Hitlerregime gestellt, das ihn zu 20 Monaten Zuchthaus verurteilte und anschließend für dreieinhalb Jahre ins Konzentrationslager Buchenwald einlieferte.

Unmittelbar nach Beendigung des letzten Krieges sei Ernst Ender einer der ersten Bottroper gewesen, der wieder Hand anlegte an den Aufbau seiner Heimatstadt. Getragen vom Vertrauen seiner Mitbürger, sei er 1946 wieder ins Stadtparlament eingezogen, wo er dann das Amt des Oberbürgermeisters übernahm.

An hervorragender Stelle in vielen Ausschüssen und im politischen Leben überhaupt habe er Unvergeßliches geleistet. Reismann nannte Ender einen der prominentesten Kommunalpolitiker, der später aus gesundheitlichen Gründen den Rat verlassen mußte.

Im Namen des Rates und der Verwaltung der Stadt beglückwünschte Oberbürgermeister Wilczok den Ausgezeichneten. Herzliche Glückwünsche überbrachte ihm im Namen der SPD-Fraktion Bürgermeister Joschko. Im Auftrage der Ortsgruppe Eigen der SPD gratulierte ihm deren Vorsitzender, Bürgermeister Höhne.

Westfälische Rundschau, 24. Oktober 1958

Testament von Ernst Ender

Mein Testament.

Meine Kinder Else, Walter, Alfred und Otto habe ich mit Geld abgefunden. Meine Frau Eliesabeth hat verzichtet, dafür steht alles was sich in unserer Wohnung befindet meiner Frau zu, für Ihre Mühe und liebevolle Pflege. Es ist mein letzter Wille und Wunsch das nach meinem Tot, meiner Frau, seitens meiner Kinder keine Schwierigkeiten gemacht werden.

Mögen meine Kinder wie bisher in Frie-den miteinander leben.

Bottrop, den 1. Dezember 1959

Ernst Ender.

Joh. Fischer.
Heinr. Delmes.

Testament von Ernst Ender[116]

[116] Dokument: Nachlass von Ernst Ender, Besitz: Peter Battenstein, Bottrop

Abschrift:

Mein Testament

Meine Kinder Else, Walter, Alfred und Otto habe ich mit Geld abgefunden. Meine Frau Elisabeth hat verzichtet, dafür steht alles, was sich in unserer Wohnung befindet, meiner Frau zu, für ihre Mühe und liebevolle Pflege. Es ist mein letzter Wille und Wunsch, dass nach meinem Tod meiner Frau, seitens meiner Kinder keine Schwierigkeiten gemacht werden.

Mögen meine Kinder wie bisher in Frieden miteinander leben.

Bottrop, den 1. Dezember 1959

Ernst Ender

Unterschriften von:

Joh. Fischer

Heinz Welnus

Ernst Ender starb am 20. Juni 1963 in Bottrop.[117]

---

[117] Todesbescheinigung von Ernst Ender, Nr.:681, Stadtarchiv Bottrop

Am 3. Februar 1978 wurde auf Empfehlung des Hauptausschusses der Stadt Bottrop die Raiffeisenstraße in Ernst-Ender Straße umbenannt.

Foto: Şahin Aydin

Auf Initiative von Şahin Aydin wurde am 09. November 2021 ein Stolperstein für Ernst Ender in der Fuchstr. 2 verlegt.

Foto: Şahin Aydin

Stolpersteine verhindern vergessen
Fuchsstraße 2, Bottrop

Hier wohnte
ERNST ENDER
JG. 1881
IM WIDERSTAND /SPD
VERHAFTET 13.07.1936
`VORBEREITUNG HOCHVERRAT`
ZUCHTHAUS HERFORD
`SCHUTZHAFT` 1938
BUCHENWALD
ENTLASSEN 18.2.1941

Die Patenschaft des Stolpersteins hat der Verein „7 Freunde Bottrop e. V. übernommen.

Nachwort

Liebe Leserinnen und Leser

Die Arbeiterbewegung Bottrops ist nachhaltig durch Personen wie Ernst Ender geprägt worden. Das Gedenken an Ernst Ender steht jedoch in umgekehrtem Verhältnis zu seinem starken Einfluss auf die Geschichte dieser Stadt.

Ernst Ender blieb Zeit seines Lebens Sozialist. Er war weder ein an die bürgerlichen Verhältnisse angepasster Sozialdemokrat noch ein an Stalin orientierter Kommunist. Der SPD stand Ernst Ender selbst dann kritisch gegenüber, als er ihr Mitglied war. Die KPD war ihm zu undemokratisch und zu schematisch. Ernst Ender war Sprecher einer dritten, radikalen, sozialistischen Minderheitsströmung innerhalb der Bottroper Arbeiterbewegung, die lange neben den beiden großen Parteien existierte und heute leider fast ganz verschwunden ist.

Mit dem unabhängigen Sozialisten Ernst Ender konnten weder SPD noch KPD etwas anfangen. Die SPD ignorierte weitgehend diese herausragende Persönlichkeit der Bottroper Arbeiterbewegung, weil sie ihr zu links war.

An Ernst Ender erinnern nur eine Straße und ein Stolperstein.

Şahin Aydins Buch soll helfen, Ernst Ender und seine sozialistischen Genossinnen und Genossen dem Vergessen zu entreißen.

Dr. Peter Berens, Oberhausen, 24.09.2023

Anhang

Ernst Ender aus der Regionalen und Örtlichen Presse

„Die Öffentlichkeit schuldet Ihnen Dank und Anerkennung"

Ernst Ender erhielt Bundesverdienstkreuz

Regierungspräsident Dr. Reismann überreicht Herrn Ender das Verdienstkreuz nebst Urkunde mit Unterschrift des Bundespräsidenten Prof. Heuss.

In einer Feierstunde im Parkrestaurant Overbeckshof wurde gestern Ernst Ender vom Regierungspräsidenten das ihm vom Bundespräsidenten verliehene Verdienstkreuz am Bande des Verdienstordens überreicht. Ernst Ender war, wie der Regierungspräsident Dr. Reismann hervorhob, zwischen 1919 und 1933 Stadtverordneter der SPD-Fraktion. Aber die Öffentlichkeit, für deren Belange sich Ender eingesetzt habe, sei ihm vor allem Dank schuldig, weil er sich in der Nazizeit aktiv gegen diese Machthaber eingesetzt und dafür eine Zuchthausstrafe von einem Jahr und acht Monaten erhalten und verbüßt habe. Dann sei er später einige Jahre in ein KZ eingesperrt worden. Nach 1945 habe sich Ender dann sofort wieder zur Verfügung gestellt, und man habe ihn in den ernannten Rat berufen. Er sei später als Stadtverordnetenvorsteher praktisch der erste Ober-

bürgermeister der Stadt Bottrop nach dem Zusammenbruch gewesen. Zweimal sei er dann noch in den Rat gewählt worden, dann sei er wegen seines Alters — Ernst Ender ist jetzt 76 Jahre alt — zurückgetreten. Im Rat und in den Ausschüssen habe er wertvolle Arbeit geleistet. Dafür ihm im Auftrage des Ministerpräsidenten und des Innenministers — aber auch im eigenen Namen — Dank zu sagen, sei ihm ein Herzensbedürfnis.

Oberbürgermeister Wilczok beglückwünschte Ernst Ender im Namen des Rates und der Verwaltung der Stadt zu dieser Ehrung. Fraktionsvorsitzender Joschko überbrachte die Glückwünsche der SPD-Ratsfraktion. Für die CDU und für die CDU-Fraktion sprach Kreisvorsitzender Worpenberg Herrn Ender herzliche Glückwünsche aus, da Fraktionsvorsitzender Hölzemann aus wichtigen Gründen verhindert war.

Bottroper Volkszeitung, 24. Oktober 1958, Nr. 248

Ein Leben für die Freiheit

Ernst Ender feiert heute seinen 80. Geburtstag

Bottrop. Heute feiert Ernst Ender, Fuchsstraße 4, seinen 80. Geburtstag. Viele Freunde und Gönner werden dem Altersjubilar herzliche Glück- und Segenswünsche überbringen. Die RUNDSCHAU schließt sich ihnen mit den besten Wünschen an!

Ernst Ender wurde am 4. Juli 1881 in Haina (Thüringen) geboren, kam 1912 nach Bottrop und arbeitete 45 Jahre im heimischen Bergbau. Bereits recht früh (1905) trat Ender der Gewerkschaft bei, gründete 1911 in Osterfeld eine Ortsgruppe der SPD — er gehört der SPD seit 1907 an —, mußte ein Jahr später seinen Dienst auf der Zeche Osterfeld wegen der Beteiligung an einem Streik quittieren und fand dann in Bottrop eine Arbeitsstelle.

Nach dem ersten Weltkrieg war Ernst Ender als Gemeinderat und Stadtverordneter tätig, wirkte im Arbeiter- und Soldatenrat und als Mitglied des Vollzugsrates. Schwere Jahre kamen für Ernst Ender nach der Machtübernahme durch den Nationalsozialismus. Er wurde wegen angeblichen Hochverrates zu einer Zuchthausstrafe von den damaligen Machthabern verurteilt. Er saß sie in Herford ab. Vier Tage nach seiner Entlassung wurde er für dreieinhalb Jahre ins Konzentrationslager Buchenwald gebracht.

Nach dem Zusammenbruch setzten die Amerikaner den Stadtverordneten Ender als Oberbürgermeister der Stadt Bottrop ein. Tenhagen löste ihn ab. Ernst Ender wurde für seine Verdienste im kommunalen, gewerkschaftlichen und parteipolitischen Leben vielfach ausgezeichnet, u. a. besitzt er das Bundesverdienstkreuz sowie die goldenen Ehrennadeln der SPD und Gewerkschaft. 1952 zog sich Ender wegen hohen Alters aus dem öffentlichen Leben zurück. „Jetzt genieße ich meinen Lebensabend", sagte Ernst Ender, der sich noch bester Gesundheit erfreut. Vier Kinder und drei Enkel zählen zu den vielen Gratulanten.

Westfälische Rundschau, 4. Juli 1961, Nr. 152

Ernst Ender 80 Jahre alt

Stadtverordnetenvorsteher nach Zusammenbruch

Oberbürgermeister Roghmann und Oberstadtdirektor Dr. Kleffner werden heute im Hause Fuchsstraße 2 einen Besuch machen, um dort dem Nestor der Bottroper Stadtvertretung, **Ernst Ender, zur Vollendung des 80. Geburtstages zu gratulieren.**

Der in Thüringen geborene Ender kam 1900 ins Ruhrgebiet. Damals schon hatte er sich den sozialistischen Ideen verschrieben, außerdem der gewerkschaftlichen Arbeit. Für

Ernst Ender: Zielstrebiger Sozialist.
(waz-Bild: Archiv)

seinen Einsatz hat Ernst Ender nicht nur betriebliche Maßregelungen hinnehmen müssen, er ging auch während des tausendjährigen Reiches für seine Ideale ins Zuchthaus und KZ. Fünf Jahre seines Lebens gehen auf dieses Konto.

Es entsprach der Natur und der Zielstrebigkeit von Ernst Ender, nach 1945 wieder ins politische Geschehen einzugreifen. Es war die Krönung seiner politischen Laufbahn, daß man ihn seinerzeit zum Stadtverordnetenvorsteher wählte.

Der Staat hat das Wirken von Ernst Ender seinerseits ebenfalls durch die Verleihung des Bundesverdienstkreuzes anerkannt. Regierungspräsident Dr. Reismann würdigte bei dieser Gelegenheit die Verdienste des Mannes um Volk und Staat.

WAZ-Bottrop, 4. Juli 1961, Nr. 152

Sein Tun galt dem Fortschritt

Ernst Enders Lebensweg war dornenreich

Bottrop. Wie wir bereits in unserer Samstagsausgabe kurz berichteten, ist Ernst Ender, erster Nachkriegsoberbürgermeister unserer Stadt, einer längeren, schweren Krankheit erlegen. Sein ganzes, von Entbehrungen und Verfolgungen gekennzeichnetes Leben war ein ständiger Einsatz für den Nächsten, für soziale Gerechtigkeit, war ein für ihn persönlich dornenreicher Weg im Zeichen des sozialen Fortschritts und der Freiheit auf allen Gebieten.

Wenn dem Verstorbenen nach 1945 für sein unerschütterliches Wirken im kommunalen, gewerkschaftlichen und parteipolitischen Raum Orden und Ehrenzeichen verliehen wurden, so konnte damit doch wohl nur ein Minimum der Verdienste geehrt werden, die er sich in Wirklichkeit auf den genannten Gebieten unter härtesten Bedingungen erworben hatte.

Ernst Ender wurde am 4. Juli 1881 in Haina (Thüringen) geboren, kam 1912 nach Bottrop und arbeitete 45 Jahre im heimischen Bergbau. Bereits recht früh (1905) trat Ender der Gewerkschaft bei, gründete 1911 in Osterfeld eine Ortsgruppe der SPD, der er seit 1906 angehörte, mußte ein Jahr später seinen Dienst auf der Zeche Osterfeld wegen Beteiligung an einem Streik quittieren und fand dann in Bottrop eine Arbeitsstelle.

Nach dem ersten Weltkrieg war Ender als Gemeinderat tätig, wirkte im Arbeiter- und Soldatenrat sowie als Mitglied des Vollzugsrats. Schwere Jahre kamen für ihn nach der Machtübernahme durch die

Nazis. Wegen angeblichen Hochverrats wurde er von den Leuten jener unseligen Zeit zu einer Zuchthausstrafe verurteilt. Später wurde Ernst Ender ins Konzentrationslager Buchenwald eingeliefert. Seine Widerstandskraft haben auch diese schrecklichsten Jahre seines Lebens nicht brechen können.

Nach dem Zusammenbruch setzten ihn die Amerikaner als Oberbürgermeister der Stadt Bottrop ein, 1952 zog sich Ernst Ender wegen seines hohen Alters aus dem öffentlichen Leben zurück, dessen volles Maß an Unerbittlichkeit und Härte er am eigenen Leibe gespürt, dessen Konturen er aber auch entscheidend mitbestimmt hatte. ve.

Westfälische Rundschau, 24. Juni 1963, Nr. 142

DIE LETZTE EHRE erwies eine große Trauergemeinde gestern dem ersten Oberbürgermeister der Nachkriegszeit, Ernst Ender, der im Alter von 82 Jahren verstorben war, bei der Beisetzung am Samstag auf dem Nordfriedhof. Nach einer von der freireligiösen Gemeinde Bottrops gestalteten Feier in der Kapelle legte im Namen des Rates und der Verwaltung der Stadt Bürgermeister Joschko am offenen Grabe einen Kranz nieder und würdigte die Verdienste des Verstorbenen, der nach Jahren bitteren Leides im Zuchthaus und Konzentrationslager sich vorbildlich für den Neuaufbau der demokratischen Kommunalverwaltung eingesetzt habe. Für die SPD sprach Ratsherr Wilczok und würdigte die Verdienste des Verstorbenen, der 50 Jahre der Partei angehörte und sich jederzeit für deren Ziele einsetzte. Ernst Ender habe ein erfülltes Leben gelebt. Kränze der Partei, der Fraktion, der Ortsgruppe, der Arbeiterwohlfahrt und der IG Bergbau und Energie, der Ernst Ender fast 60 Jahre angehörte, wurden am Grabe niedergelegt. — Unser Bild: Bürgermeister Joschko bei der Kranzniederlegung.

WAZ, 1. Juli 1963, Nr. 148

Ernst Ender †

Erster OB nach dem Kriege

Mit Ernst Ender, der kurz vor Vollendung seines 82. Lebensjahres verstarb, trat ein Mann ab, der sowohl vor 1933 als auch nach 1945 die Kommunalpolitik in Bottrop entscheidend beeinflußt hat. Das Denken des besonnenen und ruhigen Ernst Enders kreiste zeitlebens um die Gewerkschaft und die Politik. Der Verstorbene war Sozialist aus Leidenschaft. Schon als 16jähriger schloß er sich der Sozialdemokratischen Partei in seinem Heimatdorf Heina in Thüringen an. Er hatte ursprünglich Seemann werden wollen, kam aber 1900 ins Ruhrgebiet und 1912 nach Bottrop, um im Steinkohlenbergbau zu arbeiten. Nach dem ersten Weltkrieg war Ernst Ender Stadtvertreter und einer der aktivsten Sprecher. „Wer einmal Politik gemacht hat, läßt nimmer von ihr", sagte er auch nach Verbüßung von fast zwei Jahren Zuchthaus (1936) und anschließendem Aufenthalt im KZ Buchenwald (bis 1941), um gleich im ersten Nachkriegsparlament mitzuwirken und die Aufgaben des Stadtverordnetenvorstehers (entspricht der Stellung des heutigen Oberbürgermeisters) zu übernehmen. In den letzten Jahren war es still geworden um diesen Mann, der als Mensch von Freunden und Bekannten geschätzt wurde. Sein Wirken für die Allgemeinheit fand darin Anerkennung, daß Ernst Ender 1958 das Bundesverdienstkreuz verliehen wurde.

WAZ -Bottrop, 26. Juni 1963, Nr. 144

Nachruf

Am 20. Juni 1963 starb nach schwerer Krankheit

Herr Ernst Ender

im Alter von fast 82 Jahren.

Die Stadt Bottrop betrauert in ihm einen Mann, der in besonderer Weise der kommunalen Arbeit verbunden war. Der Verstorbene hat vor allen Dingen in den ersten Nachkriegsjahren erfolgreiche Aufbauarbeit geleistet. Herr Ender wurde im Jahre 1945 zum Mitglied des Stadtausschusses als dem Vorläufer der späteren Stadtvertretung ernannt und bei der Gemeindewahl im Jahre 1946 als Stadtvertreter gewählt. Im Juli 1946 wurde der Verstorbene als Stadtverordnetenvorsteher in sein Amt eingeführt. Er übernahm hiermit die Geschäfte des Oberbürgermeisters. In der ersten Sitzung der gewählten Stadtvertretung am 25. 10. 1946 zwang ihn bereits sein Gesundheitszustand, das Amt des Stadtverordnetenvorstehers zur Verfügung zu stellen.

Durch seine aufrichtige Toleranz und Bescheidenheit erwarb er sich die Zuneigung eines großen Freundeskreises. Sichtbaren Ausdruck fanden seine Verdienste in der im Jahre 1958 erfolgten Verleihung des Verdienstkreuzes am Bande des Verdienstordens der Bundesrepublik Deutschland.

Rat, Verwaltung und Bürgerschaft sind dem Verstorbenen für die zum Wohle der Allgemeinheit geleistete Arbeit in hohem Maße zu Dank verpflichtet.

Wir werden dem Verstorbenen stets ein ehrendes Gedenken bewahren.

Der Oberbürgermeister	Der Oberstadtdirektor
R o g h m a n n	I. V.: G a r e i ß
	Stadtdirektor

Westfälische Rundschau, 29/30. Juni 1963, Nr. 147

Glossar

Alois Fulneczek

Geboren am 29. Dezember 1882 in Pyschcz / Kreis Ratibor, von Beruf Bergmann. Er war Mitglied der KAPD. Nach der Besetzung von Bottrop durch das Freikorps Lichtschlag am 23. Februar 1919 wurde er im Gerichtsgefängnis in der Zelle ermordet.

August Banko

Geboren am 19. August 1885 Romanshof/Oberschlesien. Von Beruf war er Bergmann, 1917 Mitbegründer der USPD in Bottrop/Osterfeld. Am November 1918 Mitglieder der Bürgerlichen Arbeiter-und Soldatenrat in Bottrop. Er beteiligt sich an provisorisch gegründeten Revolutionären Arbeiter-und Soldatenrat am 20. Februar 1919 in Bottrop und organsiert die Bergarbeiter gegen den Kapp-Putsch 1920 in Bottrop.
Am 12. Januar 1923 ist er unter Tage in (Cleophas) in Kattowitz/Polen tragisch verunglückt.

Freikorps

Rechte, faschistische Söldnertruppen, die 1919 von der Obersten Heeresleitung und der SPD-Reichsregierung (Gustav Noske) aus Freiwilligen gebildet wurden.

Hauer

Ausgebildeter und geprüfter Bergmann, Benennung nach speziellen Tätigkeiten: z.B. Kohlen-, Fahr-, Gesteins-, Lehr,-Zimmerhauer.

Sopade

Sopade nannte sich der Vorstand der Sozialdemokratischen Partei Deutschlands (SPD) von 1933 bis zum Frühjahr 1938 im Prager, danach bis 1940 im Pariser Exil während der Zeit des Nationalsozialismus. Die Bezeichnung wird auch als

Sammelbegriff für dessen Mitarbeiter und Anhänger verwendet.

USPD (Unabhängige Sozialdemokratische Partei Deutschlands)

Minderheitsabspaltung von der SPD 1917. Sie stand gegen den Krieg hatte aber verschiedene Standpunkte zur Frage der Revolution; schnelles Wachstum bis Mitte 1920; zu diesem Zeitpunkt hatte sie fast eine Millionen Mitglieder, nach dem Hallenser Parteitag im Oktober 1920 kam es zur Spaltung; die Mehrheit verband sich mit der KPD und bildete die Vereinigte Kommunistische Partei (VKPD); die Minderheit behielt den Parteinamen bei und bestand weiter bis 1922, als sie sich wieder mit der MSPD zusammenschloss.

Vereinigung der Verfolgten des

Naziregimes-Bund der Antifaschistinnen und Antifaschisten (VVN)

Die VVN-BdA wurde 1946/47 als „Vereinigung der Verfolgten des Naziregimes" (VVN) in allen vier Besatzungszonen gegründet. In ihr organisierten sich Frauen und Männer, die während der Naziherrschaft verfolgt wurden, den Holocaust überlebt, Widerstand geleistet haben oder vor dem Hitlerfaschismus fliehen mussten. Sie ist die älteste antifaschistische Organisation Deutschlands und verbindet Antifaschistinnen und Antifaschisten aller Generationen. Erweiterung zum „Bund der Antifaschisten 1971 erweiterte sich die VVN zum „Bund der Antifaschisten", da im Gefolge der studentischen Protestbewegung und durch das starke Anwachsen der militant völkisch-nationalistischen Partei NPD ein verstärktes Interesse der jungen Generation an der Auseinandersetzung mit der nationalsozialistischen Vergangenheit aufkam. Mit dieser Entscheidung konnten nun nicht nur Verfolgte und ihre Familienangehörigen, sondern auch junge Leute, die sich mit den Überlebenden der

Konzentrationslager und ihrem Vermächtnis verbunden fühlen, Mitglied der VVN werden. Es gelang, nach der Isolierung zur Hochzeit des Kalten Kriegs, die Anhängerschaft um nicht-kommunistische Kreise zu erweitern.

Volkswehr, Republikanischen Soldatenkorps, Sicherheitswehren

Bezeichnungen für verschiedene sozialdemokratisch kontrollierte Truppen in den Jahren 1918/19.

Quellen- und Literaturverzeichnis

Archivalische Quellen:

Landesarchiv NRW, Abteilung Rheinland, Sitz in Duisburg

Landesarchiv NRW, Abteilung Westfalen/ Sitz in Münster

Bundesarchiv in Berlin

Stadtarchiv Herne

Stadtarchiv Castrop-Rauxel

Stadtarchiv Römhild/Thüringen

Stadtarchiv Bottrop

Stadtarchiv Gladbeck

Stadtarchiv Duisburg

Stadtarchiv Oberhausen

Stadtarchiv Recklinghausen

Digitales Archiv ITS Bad Arolsen

Zeitungen:

WAZ (Westfälische Allgemeine Zeitung-Bottrop)

BVZ (Bottroper Volkszeitung)

Tageszeitung General Anzeiger, Oberhausen

Tageszeitung Westfälische Rundschau

Westdeutsche Volks-Echo

Literatur:

Jörg Lesczenski, „An heute scheide ich von euch für immer", Widerstand und Resistenz in Bottrop, 1933-1945, 2005 Bottrop

Zwölf Jahre Ruhrbergbau Band I, Hans Spethmann, Berlin 1928

Illustrierte Geschichte der deutschen Revolution, Verlag Neue Kritik, 1970, Frankfurt am Main

Bottroper Jahrbücher 1,2,3

Broschüre: 1933 bis 1945 Widerstand und Verfolgung in Mühlheim an der Ruhr, Seite 157-160, Herausgeber: VVN/Bund der Antifaschisten Kreisvereinigung Mühlheim an der Ruhr, 1988

Ewald Ochel, „Was die nächste Zeit bringen wird, sind kämpfe.", Erinnerungen eines Revolutionärs (1014-1921)

Metropol Verlag, 2018 Berlin

Bildnachweis:

Stadtarchiv Bottrop

Jörg Wingold, Bottrop

Şahin Aydin, Bottrop

Norbert Kozicki, Herne

https://www.stadt-roemhild.de/gemeindeteile/haina#&gid=lightbox-group-318&pid=4

https://www.herne.de/Stadt-und-Leben/Stadtgeschichte/Bergbau/Zeche-Mont-Cenis/

https://de.wikipedia.org/wiki/Geschichte_der_deutschen_Sozi aldemokratie

https://de.wikipedia.org/wiki/Gewerkschaft_Deutscher_Kaiser #/media/Datei:Gewer k schaft_deutscher_kaiser_1910.jpg

https://de.wikipedia.org/wiki/Zeche_Graf_Moltke#/media/Datei :Zeche-Graf-Moltke-I-II.JPG

Archiv der sozialen Demokratie der Friedrich-Ebert-Stiftung, Bonn

Josef Bucksteeg- Lokalhistoriker Bottrop

Hidir Bogazkaya -Duisburg

Verlag Henselowsky Boschmann, www.vonneruhr.de

Bis jetzt erschienene Bücher von Şahin Aydin

Paperback: ISBN: 978-3-7439-2673-8

Hardcover: ISBN: 978-3-7439-1862-7

Tredition Verlag Hamburg 2017

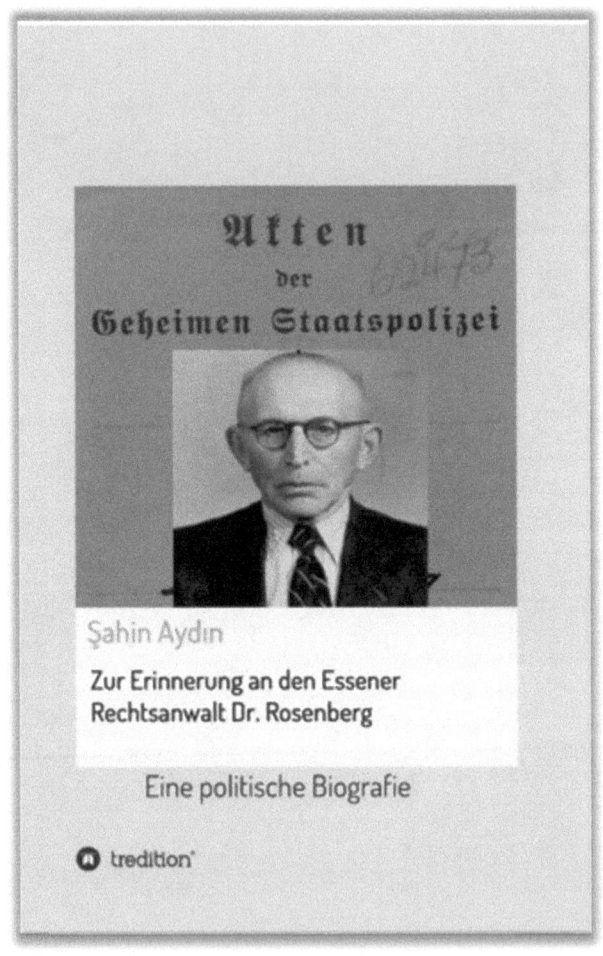

Paperback: ISBN: 978-3-7439-8479-0

Hardcover ISBN: 978-3-7439-8480-6

Tredition Verlag Hamburg 2017

Bis jetzt erschienene Broschüren von Şahin Aydın

Şahin Aydın: Ein junges Leben, gelebt und gestorben für eine gerechte Sache. Rudi Johann Wilhelm Steffens. Eine Politische Biografie, Gronau 2014.
Kurdisch-Deutscher Freundschaftskreis e. V. (Hrsg.)

Şahin Aydın: Ein Leben für die gerechte Sache. Biografischer
Abriss von Alois Fulneczek, Bottrop 2015
Kunstkreis Bottrop e. V. (Hrsg.)

Şahin Aydın: Eine Familie - Ein Kampf für die Menschlichkeit, gegen Faschismus und Krieg. Politische Biografien von Elli Domke, Carl Domke und Grete Kusber, Gronau 2015. Kurdisch-Deutscher Freundschaftskreis e. V. (Hrsg.)

Şahin Aydın: Für Arbeit- Für Freiheit-Für Brot, Politische Biografien von Jenni Kokkeling & Bernd Klynsma, Gronau 2017, Kurdisch-Deutscher Freundschaftskreis e. V. (Hrsg.)

Şahin Aydın

KommunistenInnen und AntifaschistenInnen
aus Gronau-Epe im Widerstand
1933 – 1945

Stolpersteine verhindern vergessen

Frieda Emma Wicknick
Mutter & Tochter Coche
Heinrich Schmitz
Rudolf Steffens Senior
Anna Fischer

Eine Dokumentation politischer Biografien

Şahin Aydın: KommunistenInnen und AntifaschistenInnen aus Gronau-Epe im Widerstand 1933 -1945, Biografien von Frieda Emma Wicknig, Mutter & Tochter Coche, Heinrich Schmitz, Rudolf Steffens Senior, Anna Fischer, Gronau 2022 Kurdisch-Deutscher Freundschaftskreis e. V. (Hrsg.)

Kurzbiografie Şahin Aydın:

Şahin Aydın wurde am 2. Mai 1968 im Dorf Şamiskon (Şemsik) im türkischen Teil Kurdistans geboren.

Mit fünf Jahren nahmen ihn seine Eltern mit nach Deutschland. Aufgewachsen ist er in Gronau/Westfalen. Er lebt mit seiner Familie in Bottrop.

Schon als Jugendlicher interessierte er sich für deutsche Geschichte und später besonders für die der Arbeiterbewegung. Er forschte u. a. zur Novemberrevolution 1918, zum revolutionären Aufstand 1919 in Bottrop, zum Kapp-Putsch 1920 und den reaktionär-monarchistischen Freikorps jeweils mit Schwerpunkt in Bottrop, aber auch zur Widerstandsbewegung gegen den Nationalsozialismus in Gronau/Westf. und in Bottrop.

Als Ergebnis publiziert er mehrere Biografien zu Bottroper „local Heros" der Arbeiterbewegung und zu Widerstandskämpferinnen in Gronau. Zahlreiche „Stolpersteine" in und um Bottrop und Gronau und Essen sind seiner Initiative zu verdanken

Zeitfracht Medien GmbH
Ferdinand-Jühlke-Straße 7
99095 Erfurt, Deutschland
produktsicherheit@kolibri360.de